YOUR SMILE

IS

MY SUNSHINE

你笑起来就是好天气

王义博 ——

著

北京联合出版公司
Beijing United Publishing Co.,Ltd.

Contents ——————— 目录

006
~
03

自序：
关于
上一本书的
故事

Part —— 01

每个人都有自己的光芒

你离梦想只差一个行动 034

《天天向上》的邀约 050

微微：酷酷的女孩，柔软的内心 086

关于牛×哄哄的牛轰轰 094

守护汪星人 104

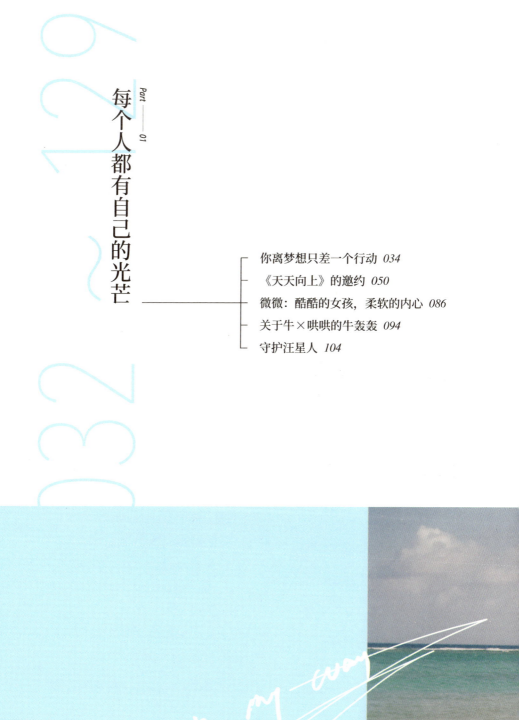

on my way

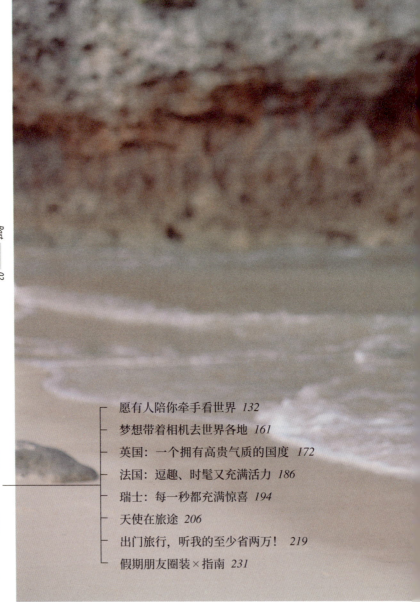

130～258

Part——02

背起行囊，去看月光吻海洋

愿有人陪你牵手看世界 132

梦想带着相机去世界各地 161

英国：一个拥有高贵气质的国度 172

法国：逗趣、时髦又充满活力 186

瑞士：每一秒都充满惊喜 194

天使在旅途 206

出门旅行，听我的至少省两万！ 219

假期朋友圈装×指南 231

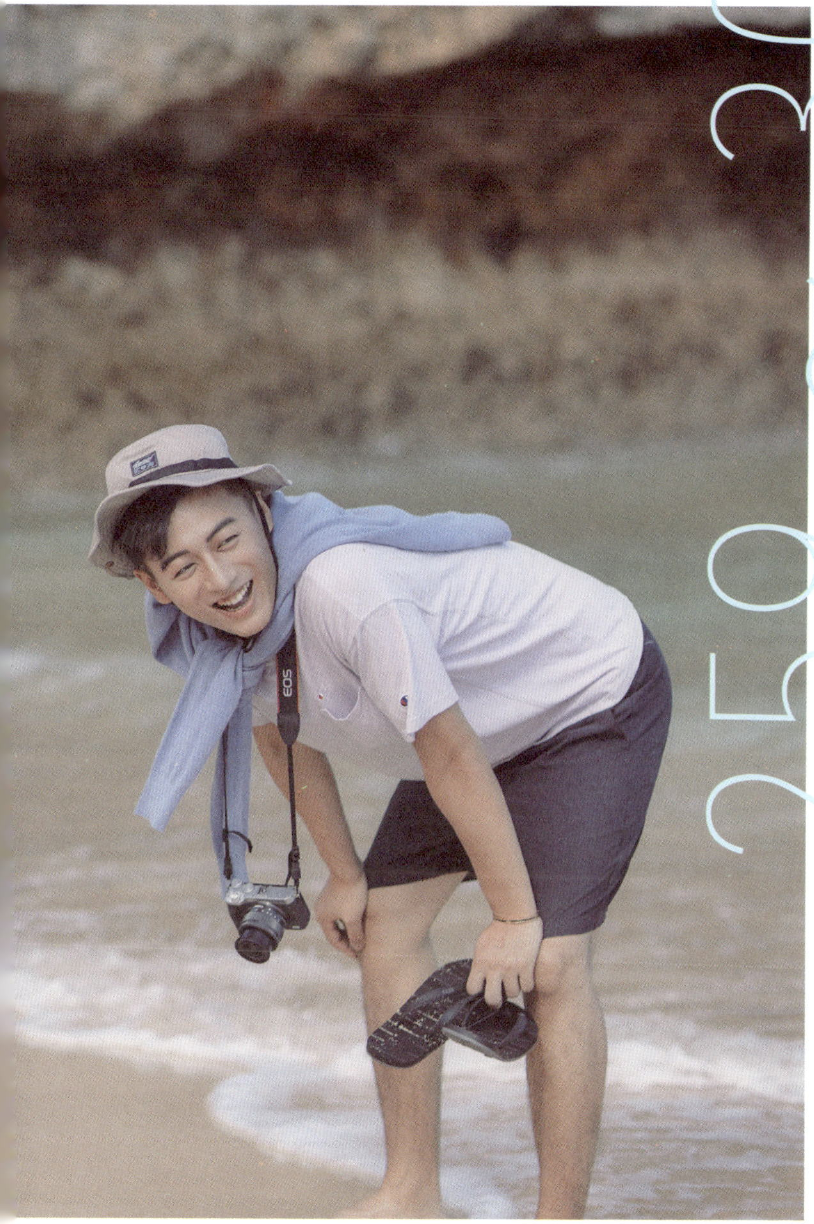

Part 03

用相机记录美好时光

你到底应该买一台什么样的相机？ 260
想用手机拍出好皮肤，必须得磨皮吗？ 266
一天当中拍照最美的时刻 275
三个最容易出错的相机设置，你跳坑了吗？ 284
如何拍一张好看的毕业照？ 292

自序…

关于上一本书的故事

再次提笔写下第一行字的时候，心里很忐忑，故事的起源，还是从第一本书说起吧。

几年前的冬天，刚毕业的我满世界乱跑、约片拍照，因为色彩通透、画面干净，摄影风格得到了很多人的认可，经常会有出版社编辑找我约图买图，也算是自己收入的一部分。正是因为这个关系，我结识了一些编辑，LL就是其中一个，从她的言谈举止间，感觉到她很欣赏我。后来也是因为看了她的朋友圈，才知道她是个不折不扣的"二次元少女"，喜欢洛丽塔装扮，甚至上班都会打扮成动漫人物，思维搞怪，单纯且大胆。

从她第一次跟我说话起，就一点都不拘束，什么玩笑都敢开。我自己本身就是个自来熟的人，跟她甚至不用一来二去，从第一句话开始，就已经成了朋友。当然了，她也是从我这里买图最多的编辑，也理所当然地成了我聊天最多的编辑。

有一天她突然问我："喂，小子，你要不要出本书啊？"

我说："啊？算了吧，虽然我知道自己文笔好，人帅又有才华，但还是不要误人子弟了。"

她说："没想到，你竟然也有这么要脸的时候。那我给你点时间，你再考虑考虑。"

你以为事情就这么结束了吗？

没错，就这么结束了！

我本以为她会再争取一下的……

不过也就是从那时候开始，心里萌生一个想法，如果我真的能出一本自己的书，是不是也挺好的、至少，挺有面子的。

过了好久之后，我发现 LL 公司的老板二花关注了我的微博，虽然名字看起来是个过气少女，实则是个文艺气息非常浓厚的大叔。毕竟这个名字，是我根据他现实的名字做了修改的，哈哈。发现他关注我之后，一心只想多卖图赚钱的我，当然还是趋炎附势地选择了回粉，于是发生了下面的对话：

"哇，老板关注我了，二花哥，可以加微信吗？"

"呵呵，幸会幸会，当然可以，×××，你加我吧。"

虽然二花哥尽力地表现出了自己的亲和力，但大家还是可以从"呵呵"这两个字感受到我跟他的年纪差以及代沟吧。

　　发送添加好友申请后，很久都没有反应，我安慰自己说，他肯定是在忙，可能在吃饭，也可能在谈工作，当然还有可能在上厕所……说不定，是在约会。呸呸呸！人家都结婚了！我脑补这么多之后他还没加我，我终于按捺不住又去微博私信他。

　　"二花哥，我加你啦，哈哈哈哈哈哈哈哈哈。"

　　加了很多"哈哈"，只是为了掩盖住自己的尴尬。

　　"哦。"

　　我竟然！收到了！一个大叔！给我回的"哦"！

　　这可是连各路女神都没跟我说过的！算了，你是金主，你是电，你是光，你是唯一的神话！所以我原谅你了。

　　终于加上了，刚才的怒火烟消云散，我当然还是很热情地跟他聊了几句，趁他不经意间，跟他暗示了一下：

　　"嘿嘿嘿，二花哥你真是太幽默了，LL之前老跟我提起你呢，还说我可

以在你们这儿出一本书，但我觉得自己的功力实在有限，就没答应。"

"哦，是吗？"

是吗？你让我怎么接？你竟然对我如此冷淡！好！行！可以！那我，就再问你一遍。

"是呀是呀，其实我也觉得自己不太合适，我拍的好多图都给你们公司的书做过插图，说不定我光用图也能出一本书了。"

"现在图册销量不行。"

我的内心：好的、行，可以，非常好，那就挂了吧。

"行，二花哥你先忙，我先去拍照啦。"

那天并没有拍摄，既然书出不了，还是要假装自己很忙的。

我觉得当作家的梦可能不会实现了，就没再把这件事放在心上。还是继

续好好拍照吧。

一个人的知识储备会随着离开学校的时间变长而变得越来越模糊，但会在从事的行业里变得越来越专业。本来还一直犹豫要不要成为一个职业摄影师，时间越久越发现，除了摄影，好像也没有更适合我的路了。于是我开始认识更多的人，去更多的地方。每到一个地方，都仿佛读了一本书，每一个人都是这本书里的故事，相对于文字的枯燥，我更喜欢亲临其境地感受这个世界。一路上，把遇到的人、遇到的事都发在了朋友圈。感觉朋友圈更像是每个人给自己写的一本书，而自己就是里面的主人公。似乎每个人所有的文采和对生命的美好感悟，都呈现在朋友圈里了。

那个冬天过完，我用一年的时间，走了14个国家，拍了无数张照片，也在朋友圈分享了无数路上的见闻和矫情的感悟。

突然有一天，二花找到我，说："义博，你真的很有才，这回，哥真的想帮你出本书，你有空的话，我们当面谈谈吧。"

那时的我在旅途中略显疲惫，再加上没有了之前那么大的热情，就淡淡地回了句："好的，谢谢二花哥。"

后来，我来到了图书公司，见到了二花哥跟LL，LL真的跟之前预想的一样，办公桌上贴满了日本的流行偶像，摆满了各种公仔手办，也真的是穿着一身洛丽塔的衣服。她带我到二花的办公室，二花不在，但一看这装修风格，也的确没让我失望。红木桌上配着古典的茶具，办公桌上还有笔墨纸砚和刚刚写完的一幅字，烟灰缸里的烟头还冒着烟。我假装自己是柯南，心想，这一定是上厕所去了。果不其然，两分钟后，就有一个头发黑白混杂、扎着马尾的文艺大叔出现在我面前，那种感觉有点像——艺术家。

我依然很自来熟地跟他握手问好，他比我想象中要热情得多，寒暄不过几秒，就开始直切正题。这急脾气，跟我一样，我喜欢。我是一个特别相信第一感觉的人，就像我租房子，一进门让我觉得阳光温暖、舒服，我就不会再去下一家，也往往正是因为第一感觉，总是可以遇见好人。二花给我的第一感觉很可靠。

"合同我马上就可以拟好，所有条件我都给你最好的，只要你愿意，咱们可以马上签合同。"

"没问题啊，我见您的第一眼，就觉得，就这儿了。"

"楼下有个按摩店，你去做个按摩，上来就可以直接签合同了。"

现在我还记得那家按摩店，以中医为名，装修和门牌都很像是医院而不是按摩店，员工之间的称呼都是医生，服装也都是清一色的白大褂，让人很信任。但按了一会儿似乎并不那么专业，重点是当我把头从床洞里探下去的时候，按摩小哥的脚臭味就扑鼻而来。没错，他是穿着鞋的，但即便他穿着鞋，我都能闻到脚臭味。我又不能跟他直说，所以就一直默默地忍受着。不知道是累了，还是被他给熏晕了，没一会儿我就睡着了。不知道过了多久，小哥叫醒我，说："时间到了，要不要充个卡，这次我可以给你多按会儿，免费。"我心想，得了吧，一秒也不敢多待。

上了楼，合同我连看都没看，就直接签了。

二花说："好小子，真爽快，那你可要加油了啊，我很期待我们今年的最佳畅销书。"

就这样，二花真的成了我的老板，LL成了我的责编。他说他很期待，但想想图书公司一年出几百本书，觉得他们应该也就是说说吧。

图书公司大概给了我一年的时间来整理作品和故事，我觉得，时间肯定够，以我当年妙笔生花的本事，感觉给我一天，我可能就写完了。但事实证明，我也是想多了。

旅行归来的日子很悠闲，不想拍照的时候就可以自己一个人在家待着，每天的生活无聊、无趣，也觉得自己很无用，每当脑子里闪现出"要不去写书吧"，就安慰自己说：没事，还早着呢，不着急。于是又开始心安理得地继续偷懒，继续每天过着废物一般的神仙生活。

没想到一年的时间过得这么快，感觉自己什么都还没做，唯一印象深刻的就是每个月 LL 都会过来问我："写得怎么样啦？"我倒也不会骗她，每次都说："我还没开始写呢，哈哈哈哈哈。"也因此，收获了很多来自 LL 的愤怒表情包。

直到最后一个月，LL 如期而至，我以为她又是来催稿的，结果她跟我说："义博，我要走啦，本来以为你的书会是我在这里出的最后一本书，看样子，这个机会要让给别人了，别再偷懒了，好好写，大家真的都很看好你。"

虽然私底下交集不多，但听到这个消息的时候，还是觉得很伤感，并且觉得自己很对不起她。说了一堆"舍不得"之类的煽情话之后，还是安安静静地道了个别。

没错，我的第一本书，因为太磨蹭，磨走了一个责编。眼看合同上的时间快到期了，我觉得以我现在的状态可能没有办法好好写书，于是，我只身杀去了图书公司，直奔二花办公室，幸好他屋里没有其他人。
"老板！！！我来啦！！！"

"我正好要找你，LL都走了，你的稿子还没交呢，来，给你介绍一下你的新责编。"

这是我跟蛋蛋的第一次碰面，蛋蛋看起来没有LL那么古灵精怪，但让我一下找到共同话题的是，蛋蛋的脸，跟我一样大，看这面相，就知道，一定是我朋友。蛋蛋话不多，但很专业，她跟我说："我已经在你的朋友圈、微博、公众号扒了好多内容了，你延伸一下，就够半本书了。"

Excuse me？我不知不觉就已经写了半本书了？简直是意外惊喜！但我还是很扫兴地坦白了我此行的目的："我是来申请延长交稿时间的。"二花倒也爽快："行，明年6月是书展，你得提前三个月交稿才行，这么说来，我可以给你延长半年。"

我太容易知足了，其实我本来想的是延长一个月就够了，半年我觉得自己都能写两本了，于是很开心地回家了。

说归说，但做起来，真的很难，每当想提起笔挥洒自如的时候，都不禁感叹，为什么手机这么好玩？为什么电视这么好看？为什么我这么困？为什么我这么饿？为什么……好了，没有为什么，就是因为我懒。

不知不觉，离交稿还剩一个月，蛋蛋发微信说："出版社有礼物要给你，把地址给我吧。"不交稿的垃圾作者还有这种便宜可以占？我立刻把地址发给她。她说："你明天在吗？估计明天到。"我说："在在在，一定在。"

第二天，果然有礼物来了，没错，是蛋蛋上门了，来！催！稿！
"哈哈哈哈（尴尬而不失礼貌地大笑），早知道你来，我就洗个头了嘛。"

"好，这是公司市场部的同事，今天一起说说这个月交稿的事。"

说好的礼物感觉变成了一场批斗会，好言相劝、威逼利诱，通通用上了。最终的结局只有一个："好！我写！"

我也真是厉害，第一天就写了五千字，写着写着就发现，自己竟然有超级多的故事想写出来。没过半个月，我发现我已经写了六万字。每写完一篇，都设想着自己下次去图书公司，终于可以挺着腰杆走路了，想想还有点美滋滋的。

交了稿子，二花找我去图书公司开会，等我到了，发现阵仗很大，每个部门的负责人都过来跟我一一握手，感觉自己像个18线转向17线的明星。开会的主要内容是：王义博，你的字数超了，现在纸很贵，如果按现在的字数出版的话，你的书会卖得很贵。

Excuse me？我经历了拖稿、拖走责编、延长交稿日期、被责编上门逼稿等一系列事件之后，我竟然，写多了？

好，那我删，因为我们毕竟都不是很富有，能便宜，就便宜点，毕竟多出来的字，还可以留着，给下一本书，哈哈。没错，就是留给现在这一本。

然后我们开始讨论名字，我说："我是摄影师，得跟摄影有关，摄影是光的艺术，我又很喜欢旅行，要不就叫《走在有光的路上》吧？"

不知道大家是放弃我了还是真的认同，没想到竟一致通过了。"好，就叫这个了。"

终于熬到了要出版的日子，在出版前，我签了一些书，原本的17线明星，感觉自己晋升到了16线，毕竟已经开始签名了。直到快公布预售的那一天，我才意识到，我是真的紧张了。没人买怎么办？没人看怎么办？别人不喜欢怎么办？一系列的"怎么办"涌上心头，那种感觉就像，要生孩子了，好紧张。直到它真的面世，我心底的石头才算落地。这就是我的第一胎——《走在有光的路上》。

出书后的第一个月，迎来了人生中第一次签售，依然还是很紧张，无敌懒的我终于也勤奋了起来，提前一个星期每天去健身，极少涂护肤品的我也开始敷起了面膜。签售当天是圣诞节前的平安夜，还好老天没下雪，但图书公司安排的地方有点远，所以我依然很怕，怕没人来。

那天我提前两个小时出发，心想提前到了还能稍微准备一下，熟悉一下环境，不至于临场发挥时有什么意外再措手不及。结果，我真是太小看北京的交通了。堵了一个半小时，在一公里外不动了，我心急如焚。一路上，很多去了现场的人给我发了照片和视频，看着很多人早早地就到了，我更着急了，眼看快到了却还一直堵着，赶紧下车自己跑去了现场。本来还心机地化了个妆，跑得满头大汗，等到了才发现，妆基本掉光了。我安慰自己说，没关系，大家爱的是我的才华。风风火火地到了现场，假装路人从排着队的仙女们身边走过，心里一直念着，快认出我，快认出我，结果差不多快走到最前面的时候，才有人认出了——我旁边的阿东和杨晗。Excuse me？难道我不是今天的主角？OK，OK，没关系，当我听到大家说"王义博还是挺帅的"的时候，心里还是美滋滋的。

第一次签售，来了很多朋友帮我撑场，感受到了好人缘的重要性。作为

一个特别喜欢唱歌的摄影师，一开场就先唱了一首歌，那种感觉就像在——开演唱会。我热热闹闹地签完了所有的书，感恩大家能来之后，更多的感受就是，签售要一直憋尿，签完最后一本的时候几乎是强颜欢笑，然后百米冲刺般地冲向了洗手间。等回来时，看着好朋友们还在原地等我，再一次感叹，有朋友真好。带着朋友们回到工作室，在早就装扮好的圣诞主题房间里，大家玩到很晚。那一天，应该是我近几年来最幸福的一天。

新书出版后一直卖得不错，其间还断了几次货，最让我期待的就是可以去更多的地方跟更多的读者见面。我把第一站定在了我的母校。想起之前很多人都问过我一个问题："义博，你是学摄影的吗？"其实我是学经济管理的。别的职业我不太清楚，我所认识的大部分摄影师，所学专业都跟摄影没什么关系，大多都是以爱好起家，慢慢钻研，勤学苦练，最终成为摄影师。我也是如此。

大学的时候，学校的团委经常会搞一些比较大型的文艺活动，我很喜欢唱歌，我有三个学长学姐在学校最大的舞台上开过毕业演唱会，我当时就想，希望有一天，我也可以这样。但等我到大四的时候，我已经没有精力去准备这些事了，团委也再没有组织过这类活动，曾经的愿望，就不了了之了。那时候学校里有很多摄影爱好者，其中不乏一些非常出色的学长学姐，经过团委的组织，他们在学校举办了一场摄影展，那时候我的摄影刚起步，便默默许下愿望，等我练好了摄影，我也要办展。等我快毕业的时候已经有了一些作品，但团委那段时间并没有办摄影展的机会，于是我又错过了。这是我大学时的遗憾。

从毕业到现在已经三年，其间回去过两次，这次再回去，除了依然坚挺在校园准备读博士的学弟学妹，基本上也没有几个认识的人了。一直期待着有一个契机可以回到自己的母校，站到学校最大的舞台上，也可以在学校办一场属于自己的摄影展。终于这个机会来了，我联系到了学校的团委，没想到一拍即合，母校就是母校，果然还是非常照顾自己的亲孩子的。学校很爽快地答应了我带着新书回去签售，并且给了我一个很大的惊喜。在学校的图书馆大厅，为我办了一场非常棒的摄影展，并给我颁发了荣誉证书。

回到学校，走在学校的每一个角落，都特别熟悉，特别想回到自己的学生时代。后来帮忙的孙老师告诉我："这次我们准备了800张票，一分钟就被抢光了。"说实话，当时内心还是很骄傲的。哈哈哈哈。见到了自己的学弟学妹，他们真的像极了当年的我，内心有很多疑惑，很想去做一些尝试，却又怕走弯路。记忆最深的一个问题就是："学长，你当摄影师，后悔过吗？"我仔细回忆了一下："还真没有后悔过，大学的时候似乎尝试过很多事情，只有摄影最终坚持下来了，因为它可以不断地给我新的惊喜，不会生腻。如果你喜欢一件事，就用心地去做，直到有一天，你收获了很多它带给你的成就感，你会想要更多，你会把它做得更好，这就是我想要的良性循环。"

离开学校没多久，我得了一个奖，人生中的第一个作家奖——"年度新锐作家"。上台后我说："作为一个摄影师，今天可以以作家的身份拿到这个奖，觉得自己太帅了。"我是发自内心地觉得这件事情好酷，也是发自内心地觉得自己很棒。我忘了我有没有说过，我是一个非常喜欢"自我麻痹"的人，更确切地说，是自我鼓励。我可以很快地忘记不开心的事，是因为我每天都重复地对自己说："你很好，生活很好，所有的事、所有的人都很美好。"这听上去似乎很玛丽苏，但也正是因为我心里住着一个玛丽苏，所以才真的觉得生活很美好。实不相瞒，最夸张的一次，是我起床后打开窗，阳光洒进来，我觉得很美好，以至于对着镜子刷牙的时候，突然停下来自己感叹了一句："生活怎么会这么美好！"后来回忆起来，我自己都被这做作的场景逗笑了，但那又怎么样呢？生活是自己的，多想想它的好，你会更爱自己，更爱生活。

在那一场颁奖典礼上，我认识了当当网的朋友，他跟我说："过几天长沙的书店可以帮你举办一场签售会，你愿意来吗？"我当然愿意啊。于是我在长沙举办了我的第三场签售会。我跟长沙很有缘分，因为工作关系我经常去，所以对长沙很熟悉。熟悉长沙的人应该都会爱上这里，不高的消费，现代感和老文化的融合恰到好处，这里的人热情似火，美食更是让人垂涎三尺。真没想到长沙的这一场签售会，是到场人数最多的一次，整个大厅几乎爆满，我给自己打了几个问号。我的天啊，我竟然这么火？不过下一秒，我给出了自己的答案：没错，你就是这么火，这么棒，这么帅气！自己心里美滋滋的，然后不经意地笑出了声，从旁边的人的眼神中可以看出，他们肯定心想，这是哪里来的傻子？做个傻子也挺好的，至少开心啊。

办完了三场签售会，很开心，很想去更多的地方，跟更多的人见面。回到北京正在筹备后面的签售，有一天，好朋友来北京，约着一起吃饭，他跟我说："你们图书公司出事了，版税给你结了吗？"我说："我怎么没听说？虽然版税没结，但他们都对我挺好的啊。"我也没当一回事。没过几天，蛋蛋过来跟我说："义博，我要离职了，后面会有新同事跟你对接哈。"紧接着我在二花的朋友圈看到，他出去开了一家新公司，但这时候还是会有其他市场部同事过来跟我对接，让我继续后面的签售，说我的书加印了很多，卖得不错。我脑子有点蒙，想起前几天朋友跟我说的事，就问了一下蛋蛋：

"你们公司是不是出什么问题了？"

"呃，嗯……资金链断了，除了两三个同事，其他人都走了，版税估计也结不了了。"

后面的故事可想而知。后面的所有行程，全都取消了。自己精心培养呵护的孩子夭折了，我心里很难过。不过，好歹是经历了很多从来没有经历过的故事，我觉得也值了。至于版税，我也没再追究。图书公司的其他作者找到我，想让我一起去起诉，当时我正好处于创业初期，便没有跟他们一起。据说他们打官司打赢了，但图书公司的确拿不出钱，他们也就不了了之了。

后来，蛋蛋去了一家国内非常有名的图书公司，她来问我："义博，要不你在我这里出第二本书吧？我会帮你做好，第一本书的事，我很抱歉，但我真的无能为力。"

我当然很理解她，作为一个责编而非公司的决策者，我知道蛋蛋也是受害者。

"没问题啊，等我的二胎出世，一雪前耻。"

于是，就有了如今的这本《你笑起来就是好天气》。没错，就是你在读的这本。

Part ——— 01

每个人都有自己的光芒

○你离梦想只差一个行动 ○《天天向上》的邀约 ○微微：酷酷的女孩，柔软的内心 ○关于牛 × 哄哄的牛轰轰 ○守护汪星人

你离梦想
只差一个行动

　　在我上大三那年的冬天，沈阳下了一场特别大的雪。我一如既往地晚起、逃课，蜷缩在被窝里刷着无聊的手机。那慵懒的样子配上外面的雪，并不唯美惬意，反而觉得自己像是一个在黑白画面中等死的病人，连挣扎都没有力气，只能静静地等着再次睡着、再次醒来。每一个明天，都过得毫无悬念——同样的 12 点半，同样地拿起电话准备订每天都同样的外卖。有一天突然接到一个陌生女孩的来电，当我还幻想着可能是哪个美女要表白，她自我介绍说，她是在一次活动中留过电话的校园摄影师。她问我："可以来当我的模特吗？"可能因为自己没有接触过这些，我异常兴奋，果断答应了她，顿时感觉枯燥的生活有了点生机。

　　那天，我头也没洗就出了门，顶着刺骨的寒风拍了一组照片。现在看来，明明就是个非主流，但是那时候的我，看到这画面中的自己，简直帅到爆，开心至极。

　　也就是从那天起，我喜欢上了摄影，开始跟着学校的小伙伴们一起研究拍片和做后期；也是从那时开始，我从他们口中知道了一个名字——加加。我看到她的照片，惊呼一句："这不是 QQ 空间一姐吗？"高中的时候一直玩QQ 空间，那时候刚经历完非主流，铺天盖地的到处都是小清新，而空间里到处都能看到加加拍的照片，再到大学的时候，"加加"这个名字在校内几乎无处不在。那时候在一个入门新手的眼里，加加就是神一般的存在。

她一度成为照亮我的灯塔，我一心向着她所在的方向前行，也是从那时开始，我的摄影慢慢开始有了自己的风格，得到了更多人的喜欢和认可。我很自豪地说一句，当时觉得，因为摄影，我就像重生了一般，感觉生命里有了光。我告诉自己，还可以更好，我也不再去看加加拍的片子，只是朝着成为独一无二的自己去努力。因为摄影，我感觉，我找到了自己想要的生活。

很多事我都是三分钟热度，唯独摄影坚持到现在，如今已经五年了。我记录了很多人的青春模样，走过了很多曾经向往的地方，它总能带给我无限的惊喜和可能，也让我对每一个明天都抱有期待，而在这过程中最开心的，

是结识了很多很棒的朋友。

毕业那年拍了《致青春》以及自己的毕业照，后来也出了一些让大家认可的作品。一步步的积累，加上自己是天生段子手，于是成了小有名气的摄影师。我开始全国巡拍，在巡拍的第一站，我认识了微微。

很多时候为了给客人一个舒服的环境，我们会选择在光线通透的咖啡店拍照。四处打听，知道在北京的北锣鼓巷，有个叫"小时光"的咖啡馆，看了网上的照片，很是喜欢，于是就跟客人约在了那里。区别于其他咖啡馆，这家店非常欢迎人们拍照，每个服务员都笑脸相迎。那天我们状态都很好，很顺利地拍完照片，打算在这儿喝杯咖啡休息一会儿。自来熟的我跟店员聊了

你笑起来就是好天气

起来，我说："这家店好棒，以后我能经常来拍照吗？"

她说："没问题啊。"

我打趣说："你说的算吗？！"

她说："老娘就是老板啊！"

没错，她就是微微，霸道又善良的"白富美"。她告诉我，她之所以不介意摄影师来拍照，是因为她最好的姐们儿也是摄影师。

然后她问我："你知道加加吗？"

我说："当然知道，她可是我们摄影圈的大前辈。"

微微说："她就是我的亲姐们儿。"

距离我上次听到这个名字已经很久了，再一次听到"加加"这个名字，我在想，曾经的"灯塔"，她现在是什么样子？

北京的拍摄很完美地结束了，我去了西安，那里朋友不多，于是发了个朋友圈，想看看有没有朋友可以一起吃饭、喝酒、侃大山。于是牛轰轰就出现了。没错，就是那个"长着胡子"画漫画的女子。

看过很多她的漫画，虽然觉得无聊，却也总能莫名地戳中自己没救的笑点。觉得这个女孩很真实，但却从来没有看到她自己的照片，心想，应该很丑吧。呵呵呵呵呵呵。但是能蹭饭谁管她丑不丑呢？于是拍完照就去找她。

远远地，一个美女跟我打招呼，心想不会遇到粉丝了吧，正打算整理衣服拍自拍，结果她说，她就是牛轰轰。喝着汽水的我差点没呛着。传说中的鼻毛突出、胡子浓密的牛轰轰竟然是个日系萌妹。好吧，还是赶紧去吃饭吧。嘤嘤嘤！

席间她告诉我，她也喜欢摄影，所以很愿意结交摄影的朋友。当时我觉得都是扯淡吧，还不是因为我帅，跟我套近乎。呵呵！

没想到吃完饭，她带我去了一家摄影主题咖啡店，这才知道，她真的喜欢摄影。那天聊了很多，她说："如果有一天我不画画了，我们一起开摄影工作室吧。"我说："好啊。"

一句玩笑话而已，说了就说了。第二天，我离开了西安，再次见到牛轰轰，已经是一年后了。我们同时搬来了北京，她从西安，我从大连。

这个时候的我已经毕业两年，为了生活一直在努力，却越来越少创作出更好的作品，甚至已经忘记我为什么要拍照，好像已经没了以前因为拍了一张好的照片而激动的热情，也没了想要发现更多惊喜而继续探索下去的动力。

其实我很怕，怕自己又回到自己最瞧不起的样子，懒惰、空虚、懦弱，然后死于安逸。

这个状态持续了很长一段时间，于是我决定出去走走，用赚到的钱去旅行，重拾对摄影的兴趣，也真的因为这一走，我有了新的希望。我爱上了旅途，路上总是有太多的惊喜，翻着相册，有的时候甚至用手机拍的照片，都能让我兴奋好久。

可当我经历了旅途的奔波劳累，却发现，其实我很想有个稳定的家和生活，再看看每个同龄人似乎都在努力，而我却在最该努力的时候，选择了逃避和安逸。越来越重的负罪感让我喘不过气，这才发现，再美的风景，都比不上一个叫家的地方。于是我回到大连收拾了行李，搬到了北京，这个很多人想来、很多人想走、离家很近的地方。

等一切安顿好，我去轰轰工作室串门，当时转了大半个北京给她准备了一份礼物带过去，现在想想，自己真是个重情重义的好男孩。

老友相聚，也算是一回生，二回超级熟。她带着工作室的小伙伴给我做饭，然后玩"杀人游戏"玩了一晚上。其间，她兴致勃勃地告诉我，她最近认识了超级厉害的摄影师，拍了一组超好看的照片，然后拿着片子给我看。

一边看，她一边说："她叫加加，超级超级厉害。"

我说："是啊，她是超级超级厉害。"

她说："啊，你认识？"

我说："我怎么可能认识？她那么厉害。"

轰轰倒是不见外："快，我介绍你们认识！！！"

我觉得简直像做梦一样，我竟然就这样认识了当年的偶像……

我迫不及待地完成了所有的工作后，赶紧约了加加吃饭，我们叫上轰轰一起，然后加加说带着她闺密。我说："是微微吗？"她很诧异："你怎么知道？"我简直要上天了，心里想：呵呵呵，我什么都知道啊！！！

吃了那顿饭之后才知道，如今的加加，已经不是当年的 QQ 空间一姐，而是已经牛到天上去了……各种大电影的海报、各路大牌钦点的明星摄影师。我在席间一直感叹：明明都是经常看到的大片，却根本不知道是加加拍的。

我说："你也太低调了。"

她说："老了，高调不起来了。"

这时候，大家肯定以为我会安慰她说其实你不老，可我竟然回答的是："哦……"

本来以为后面会是一桌"黑线"尴尬地把饭吃完，然后老死不相往来，结果一桌人却不打不相识地开始各种侃大山。

后来她们问我以后的打算，就像家里的老人在询问孩子一般。

我说："我想再用一两年的时间出去走走，反正估计也成不了加加这样的摄影师，那就再玩两年，然后回来做事情。"

她们反问我一句："既然要做事情，为什么不是现在？"

我心里知道，其实是因为贪玩和懒惰，还有内心深处的那点"不自信却又爱面子"。就像大学毕业时，迷茫的应届生走进人山人海的招聘会，总是安慰自己很厉害，自己可以，最后在无数的竞聘失败后，选择了继续读研。一路顺风顺水觉得自己太幸运，也不怕你们笑话，说真的，我怕输。

她们问我："你知道为什么你会一直幸运吗？因为越努力的人，越幸运，我们都是很幸运的人，但同时，我们也为了这份幸运而努力着。"

当时微微说了一句杀伤力特别大的话："如果今天和昨天没有任何区别，那么明天又有什么意义？"

说真的，当时我挺低落，看不到人生方向，对未来充满了迷茫。后来她们开了个玩笑说："要不你跟加加一起做事吧，你年轻有活力，有无限可能，加加又有这么好的技术，你们两个一起做事，一定可以做得很好。"我立马说："当然好啊！"没想到加加也一脸无所谓地说："我也没问题啊。"我蒙了："真的假的……"

而今天，一切都变成了真的。因为一句玩笑话，我们成立了我们的团队，没错，加加、微微、牛轰轰，还有最帅的我。我们用了我和加加的名字来命名我们的团队，取名"一甲"，"一"取自我曾经的名字"一张"，"甲"跟"加加"的姓氏同音。四个行动派，立马租了房子，装修布置，一切都有条不紊地进行着。

放在以前，我可能都不敢相信，曾经的"灯塔"，如今成了我的搭档。曾经路上遇到的好朋友，都早已在冥冥中有了如此完美的安排。

因为 2015 年拍摄《爸爸去哪儿》的经历，让我从一开始就有了综艺摄影的经验，于是带着工作室开始接拍各种各样的综艺、真人秀录制，口碑也逐渐打开，不到半年的时间，工作室渐渐有了起色。

加加跟我同为摄影师，我俩分工也很明确，她主拍商业部分，我带着其他小伙伴接日常客片和综艺拍摄，一切都有条不紊地进行着。当时我们正在澳门录制湖南卫视《我们来了》的第一期，接到好朋友的电话，想找我去拍摄国内备受瞩目的"小鲜肉"组合，这对于我们来说，简直是一个天大的好消息，我立刻联系了加加："我在澳门拍照呢，这个你去吧，我把所有事情沟通好，你就只管好好拍。"事情最终很顺利地完成了，加加也很开心地跟我分享了她拍照的过程，她告诉我，他们三个真的都很好看，很好拍。我也很开心，我觉得我们的"一甲"，真的很棒。

也是因为这次经历，加加成为他们的御用摄影师，大部分的拍摄，都由加加完成。再加上加加之前拍摄过很多很棒的作品，串联起来，觉得我们"一甲"的格局变得越来越大，很是让人兴奋。

"一甲"的发展很顺利，突然有一天，加加给我们其他几个合伙人打电话，说想跟大家谈一谈。我们约在了我家。加加给我们每个人都带了礼物，虽然私底下大家经常聚，但那天的感觉，从一开始气氛就怪怪的。

闲谈过后，加加突然告诉大家："最近我的身体状况不太好，整个人都有点疲惫，我可能没有更多的精力去帮忙运作工作室了，也觉得自己很对不起'一甲'和大家。所以，我想，我该退出了。"

我们三个当时就愣住了。我们不是很好吗？工作室的管理都是我在做，其他的问题都是微微和轰轰帮忙解决，几乎没有让加加过多地分心，因为大家觉得她需要时间把"一甲"商业的部分做好。她需要帮忙的时候，大家也都鼎力支持。这个时候她突然做了这个决定，我们大家都很不理解。直到那天，加加的妈妈给微微打了一个电话，告诉我们，加加最近生活上遇到了一些问题。

我们三个在加加上洗手间的时候商量决定，先让她休息吧，等她好了，再让她回来。

再到后来，加加没有再跟我们联络，她成立了以自己的名字命名的工作室。我内心百感交集，但也没法儿多说什么，只能默默地祝愿，等江湖再见，希望我们都可以变得更好。

《天天向上》的邀约

故事就突然蹦到了 2017 年。一个神奇的夜晚，我收到了一条私信："您好，我是《天天向上》的导演，我们想请你上节目，请问你……"

我连"你"字后面的内容都没看完，就特别激动地回复了她："我告诉你，上《天天向上》可是我的愿望呢，哪怕让我上去不说话，我都愿意去！"

跟我对接的女孩叫嬷嬷，据说她是爱新觉罗氏，满族镶黄旗，家族里一直有个传说，嬷嬷的奶奶的妈妈的姐姐（其实就是奶奶的姨妈，但她硬要这么介绍，我也很无奈）是某位皇妃。这倒无从考证，但嬷嬷年纪轻轻却总是穿个袍子，倒也能感觉出她的一副贵气。说不定，这就是她骨子里

的贵族气质。

　　前面故意把她活活介绍成一个贵妇,其实是因为我俩后来成了天天开玩笑的好朋友,她的爱新觉罗氏和满族镶黄旗都是真的,但她是一个极其有趣的女孩,跟我一样大,喜欢穿比较长的外套,而且有非常多这样的外套。我给它们统一起了个好听的名字——"袈裟"。

　　后来通过了面试,就开始筹备拍照,在现场我跟涵哥聊天,提到跟《天天向上》的缘分,曾经我坐在台下观看《天天向上》,台上的宋伊人特意给我加戏,说:"给我拍照的摄影师也来到了现场。"主持人很给面子地说:"让我们欢迎摄影师。"然后摄像机专门给了我一个特写,我内心紧张,却还是努力憋出了尴尬而不失礼貌的微笑。回家之后,一直等着节目播出,心里想着,完了完了完了,我竟然在《天天向上》有镜头了,我要火了!结果等节目一播出却发现,咔,被剪掉了!

　　终于这一次是真的来《天天向上》了。录制内容有棚内和外景两个部分,在棚内,我主要教大家构图和拍照怎么显脸小以及手机拍照的小技巧,还有怎么把人拍成大长腿。显脸小的话,就是在拍照的时候嘴微微一张,在按下快门的时候吸气,可以收紧轮廓,还可以让眼睛更有神。拍腿长,简单来说,就是摄影师要把机位架低,比如蹲在地上往上仰拍,画面中的人要摆放在地

少天多的位置，也就是腿更靠近画面底部，头部大概放在画面中间位置。这样镜头广角的畸变会让腿变长，整体比例看起来会更好。关于用手机拍照，我主要总结以下几点：

一、要研究透手机，最基本的是对焦要准，曝光要准。很多人都不知道可以锁定曝光和焦点，也就是在画面中，长按要拍摄的物体，它的对焦点和曝光值会锁定，锁定后再放大或缩小调整构图，即使场景复杂或者人多，都不会受其他地方或者移动物的影响。

二、一般情况下，可以使用相机自带的网格线，将人物的躯干、头或眼睛或拍摄主体锁定在有网格的地方或网格的交叉点。

三、手机自身的广角和全景模式可以拍风景，用配件、广角、鱼眼、滤镜，会让照片变得更震撼有趣。

四、手机自带人像虚化功能。

五、手机自带手电筒可以选择亮度和强度，可以补光。

六、连拍模式，拍动态和抓拍很好用。

七、用 HDR 模式，会让照片更有层次，HDR 简单来说就是可以让暗的地方不暗，过度曝光的地方不那么亮。

八、黑白会让照片很有感觉，可以尝试一下黑白。

九、试试方形构图。

十、格调不够，滤镜来凑，好看的颜色会让照片更加出彩。

除了在棚内录制教大家的这些内容，我还跟着节目组来到了美丽的西藏林芝，我们的主题是在桃花中拍出美美的照片。

在此之前，我做了满满的功课。结果到了才发现，桃花还没有满开，只是露出了一点点花骨朵儿，即使有多年拍摄经验的我，还是有点紧张。当地村民竟然非常乐意帮忙，当天烧牛粪来催熟花朵，第二天正式录制的时候，有一片桃树已经开满了花，很美。那天跟我一起拍照的是娄艺潇，以前最喜欢看她演的《爱情公寓》，再加上她是大连人，算是我的半个老乡，本身就对她好感十足，见到真人真的感觉很漂亮。我俩见面后聊了几句也很有默契，于是，就开始了我们的拍照之旅。

拍摄主要分为三大部分：

一、大场景。 人物与桃花的融合，这个时候一般是居中构图或者是偏三分之一构图会比较好看。整个拍摄过程是：

1. 等待的感觉。伸懒腰，摸嘴唇，假装在接落下的花瓣的感觉。

2. 好像人来了，有人叫你（回眸一笑）。可以用一个辅助道具（相机），也可以手里抱着书，另一只手挡着太阳看向他。

3. （终于等到你，唱）直到等到了人，开心地转，然后来回走，转圈。可以在拍婚纱的地方拍。

二、大特写。 要找好模特的角度，可以先询问一下平常自拍喜欢拍哪边侧脸，有没有什么要求。然后重要的是眼神（只要你一个眼神肯定）。

1. 一棵树，拍出花海的感觉。大光圈虚化，把人夹在花里。这时候还需要与花互动，抓花、摸花、闻花，花瓣夹在手上放在嘴上。同时可以演示吸气让自己的脸形轮廓更明显。

你笑起来就是好天气

2. 如果人多的话，可以通过仰拍避免人群。可以拍一张背影图、回眸一笑图、侧脸往边上看的图，要求背景花比较多。

三、利用道具。

1. 如果没有道具，手永远是最好的道具，摸头发，玩手，挡眼睛，挡嘴巴。

2. 与树互动，靠在树干上，背靠或者侧靠，还可以坐在树下看书、拍照。

3. 利用辅助工具（保鲜膜或者烟的包装袋）让镜头变得更有趣，这个时候光圈越大，虚化就会越好看。

4. 撒花瓣，吹花瓣（提前对焦在花上），最后躺在铺满花瓣的地上（这个可以最后拍）。

5. 牵着马儿的合影，跟马儿互动，头碰头，骑着，牵着。

虽然照片拍出来美美的，其实当时西藏的温度也只有十摄氏度左右，拍完照我们基本都冻傻了。但看到成片都美美的，我们都很满意。那是我第二次去西藏，知道当地有非常好吃的石锅鸡，于是约着大家一起去大快朵颐，冷的时候围着火炉喝着热腾腾的鸡汤，当时感觉这就是神仙般的生活。

录制《天天向上》的时候，节目组的人问我："王义博，你是个什么样的人？"

我说："我是一个人见人爱的人啊。"

他们都笑了。

外景录制的时候，出差人手不够，因为以往工作的缘故，我非常自然地给他们当起了兼职场工、制片、剧照师。大家都不禁感叹我真是个又帅气又懂事的小伙子呢！说实话，是因为节目组的人真的都非常好，很照顾我，也都非常聊得来。等节目录制结束，大家表示的确都很喜欢我。

"你们看，当初我说我人见人爱，你们都还不信，哈哈哈。"

嬷嬷说："谁信你？哈哈哈哈哈哈哈。"

录制结束后等节目播出，没想到，我竟然人生中第一次上了热搜榜，当天晚上微博涌来十万粉丝。我的第一反应是，完了完了完了，我真的要火了。

也可能是因为我的确人见人爱吧，也或许是他们觉得我拍的照片的确好看，还不到半年的时间，嬷嬷又来找我："王义博，你之前是不是跟我说过你喜欢瑞士？我们这次要去瑞士录制节目，你要不要来？""当然要去！"

这次呢，还是以摄影师的名义，教大家怎么在洋气的地方拍出好看的旅拍照。模特是关晓彤和王一博，两个我非常喜欢的新生代偶像。跟王一博的交情很深，从他刚出道起，就有非常多的人跟我说："以为是你呢。"我一看，1997 年的小伙子，长得很帅，舞跳得也好，八成是要火了，但是名字谐音的两个人，还是很尴尬的。我就一直盼着：你还是不要大红大紫了，要不大家都把我认成你，怎么办？毕竟我年纪比你大，你就让让我，等过几年再火吧。

当然这也只是我的想法，结果事与愿违，他以出众的形象和满满的才艺入选了天天兄弟团，是真的火了。直到现在，很多输入法里，都只出现"王一博"，大家输入我的名字的时候，出现的也都是他，而我就很尴尬了，每次他上热搜，都会有很多人以为是我。此时，我只能露出尴尬而不失礼貌的微笑说："嘿嘿，不是我。"与王一博接触了两次，觉得这小孩真是好，性格非常好，配合度极高，话也不多，而且很有礼貌。拍照的角度也没死角。虽然我很少拍男生，但得益于他足够好的表现力，我们拍的照片都非常好看。

你笑起来就是好天气

你笑起来就是好天气

　　说到关晓彤，之前见过几次，但也都是远远地看着。我们有个共同朋友叫图图，之所以叫图图，是因为他的耳朵真的很大，很像动画片《大耳朵图图》里的主人公，他自己很喜欢这个称呼。每次打电话都说"我是图图"。我们有一个群，叫"我们都是小天使"，里面 7 个人都是在北京关系不错的朋友，而里面要说最努力的，肯定是图图。因为一档求职节目，他大三就来到北京实习，满心期待的他带了行李箱只身一人就来了北京，刚到北京，乐观的他还是被现实给泼了冷水。当他走进租好的地下室的时候，发现房间只能放下一张小床，甚至连行李箱都放不下，扑面而来的只有霉臭味和隔壁公共洗手间的恶臭味。看到这个场景，他百感交集，好像所有对北京美好的憧憬，都破碎了。

他后来跟我讲，那天他提着行李箱往出口走的时候，每走一步，都会掉眼泪。但当时他没有给自己退路，走到最后一个台阶，他擦干眼泪就转身回到了地下室，把狭小的空间整理干净，安心地睡了。后来他凭借自己的天赋和努力成为实习生中的佼佼者，一毕业就直接转正，成为一家非常著名的影视公司的项目经理。之后，他接触了非常多的艺人和电影，经常加班到深夜，把每个方案都做得很漂亮，后来还给几部非常有名的电影的主题曲作词。也是因为之前一部电影，他在关晓彤还没有被人熟知的时候就天天给身边的朋友介绍，告诉我们这个女孩智商和情商都很高，努力上进形象也特别好。也是从图图嘴里，我知道了关晓彤是一个非常不错的女孩。

这次来《天天向上》能拍关晓彤，又能来到我最喜欢的瑞士，感觉就是天时地利人和。取景地是伯尔尼和采尔马特，因为之前来过一次，对伯尔尼也算熟悉，我们去了伯尔尼最有名的步行街，穿梭在鳞次栉比的店铺中。突然遇到一家外观很好看的书店，我们便在门口拍了几张照片。门是关着的，里面灯也没开，以我对瑞士的了解，他们的确就是不想开就不开。但没想到我们正拍着，里面突然出现了一位慈祥又精神的奶奶，开门笑着迎接我们说："你们是在拍照吗？要不要来里面拍呢？"

　　我们很开心地道了谢并进了书店，小店不大，但很精致，里面摆放着满满的我根本看不懂的各种书，奶奶的老伴儿正坐在书店的里屋对着电脑打字。奶奶递给我们一张名片，说："这上面有我们书店的网址，还有我的邮箱，欢迎你们到时候把照片发给我。"最后她告诉我们，她很喜欢中国，也去过很多次，听她这样说，我当时有一种很强烈的自豪感。后来我把照片发给了奶奶，奶奶很开心地给我回了信，并表示感谢。

你笑起来就是好天气

你笑起来就是好天气

你笑起来就是好天气

你笑起来就是好天气 ——

从伯尔尼去采尔马特的路上很美，记忆最深刻的是路过了日内瓦湖，山下就是湖，湖的面积很大，看不到边，就像海一样，水上的雾气很像压低了的云，感觉湖岸的每座山都近在咫尺，这种感觉就像身处触手可及的仙境。

到了采尔马特后，正巧碰到夕阳，从镇子上仰望马特洪峰，整个天都是红色的，在这种美景中，感觉任何滤镜都是多余的。

好看的人、好看的景，加上我还算过关的技术，我们在马特洪峰下拍了一组照片，直到现在拿出来，都觉得棒极了。

写完这些，又不禁感叹自己命真好，每个愿望，都逐一实现了。但我想要告诉你，感受幸运和幸福的途径并不难，还记得我说过"越努力，越幸运"吗？再就是不要用自己的悲惨去跟别人的美好作对比。最后，记得多去总结那些美好的事，一路上我当然也经历过很多不开心、不美好的事，但相对于这些美好的事，那些又算得了什么呢？

就在这一章落笔的第二天，我再次接到了《天天向上》节目组的电话，新年特辑需要我去参与录制。2017 年，我曾经的梦想实现了，而且实现了三次。我真是个幸运的小伙子。

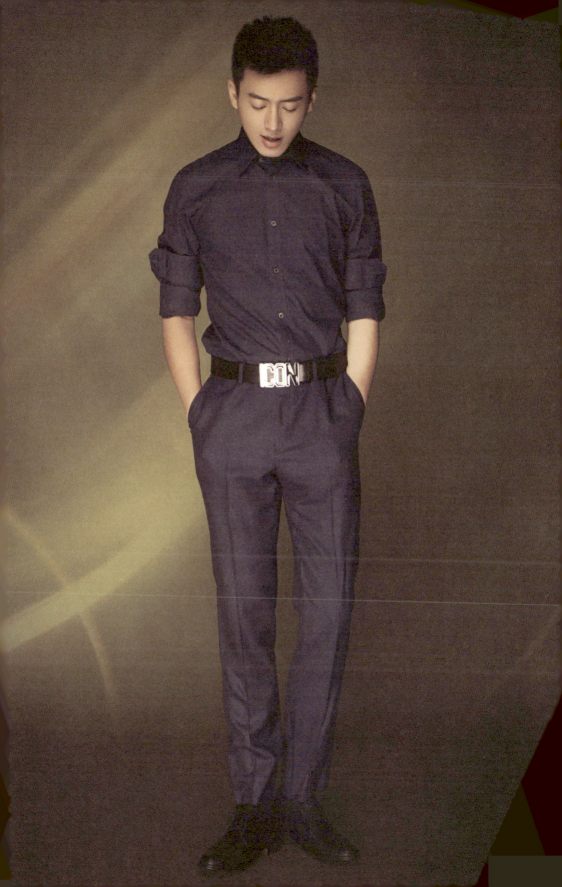

微微：
酷酷的女孩，柔软的内心

我非常喜欢小动物，尤其喜欢狗，我们工作室的四个人里面，除了我，大家都养了各种各样的动物。尤其是微微，她养了三十多只猫、八条狗。除了"狗奴""猫奴"，她的身份还是咖啡店老板、园艺家。

如果你喜欢"像糖果一样五颜六色"的多肉植物，肯定在各种取经的道路上看到过一个白发苍苍的女孩子，她并不是年纪大，而是极具个性的她会不断地把自己的头发漂白。

她的生活是很多人向往的，一年有十次左右的海外旅行，还是个兼职摄影师，经常拍一些好看的照片，开着北京非常知名的"小时光"咖啡馆，大大的露台上铺满了各种各样的多肉植物，身边有一群猫和一群狗环绕着，想想都觉得梦幻。

但在这样梦幻的生活里住着的，其实是一个非常倔强的女孩子，前面我写工作室的源头里面提到她跟我说："萌萌（我小名），我们都是很幸运的人，经历过挫折但都勇敢地站了起来。"我一直以为她跟我这么说过，大概就是这个意思，没想到她看到这句话非常不开心，说："你可别乱说啊，我可从来没有跌倒过，一路可顺了呢！"哪有人一辈子都顺风顺水呢？只不过有些人，愿意忘记伤痛、铭记美好罢了。

微微是一个土生土长的北京大妞，除了有北京人的韧劲，她酷酷的外表下其实是一颗非常柔软的心。她收养了非常多的小动物，并跟朋友一起成立了救助小动物基金，但她跟我说，这个基金里的所有钱，都是她和朋友凑的，并不是向大众筹款来的，用她的话来说，别让一件好事，因为钱而变了味儿。

不过，最让我佩服的是她用3年的时间开了7家店，包括咖啡馆、植物馆、杂货铺、皮具店、书店，在我看来，这些都是非常美好的行业，现在她还在准备青旅，感觉所有年轻人向往的文艺生活，都在她身上体现得淋漓尽致。

微微在胡同里长大，从小就跟着长辈们一起养各种花花草草，工作后去了时尚集团，每天游走于采访、拍摄、撰稿之间，看了许多国内外时尚前沿的东西，眼界自然也比普通人开阔些，后来有了自己的团队，当我看到她那时候的工作照时，惊呆了，这个妆容精致、穿着旗袍和高跟鞋的女魔头是谁？

    2009 年，他们团队去南非出差，她在那里第一次见到了多肉植物。这些晶莹剔透看起来巨可爱的植物，竟然一不小心戳中了微微的少女心，但她跟我说的重点是，这些多肉植物不矫情，不用经常养护就可以生长得很好，我把这个思路归结为：懒人福利。

回国后，她开始自己研究多肉植物，不停地通过各种渠道搜集品种，直到有一天，家里放不下多肉植物了，办公室也快被她的植物给占领了。后来身边越来越多的朋友喜欢她的多肉植物，她也毫不吝啬地把它们送给了身边喜欢的朋友。这时微微一想，既然这么多人喜欢，要不就专门开个店吧。于是，她就在自家门口的巷子里，摆了个地摊，没错，就是一个出入高级场合、衣着光鲜的时尚女魔头，随便铺了一块布在巷子里摆地摊，怎么想都感觉画面不搭，但这真的就是她做的事。她觉得，产品都是自己多年培养的植物，地摊是她做市场调查的一个途径，可以零风险地拿到第一手市场反馈，若是没有当时的经历，想必现在也不会这么顺利。

一个月后，她决定开一家多肉植物馆，从决定开店到开起来，只用了三天时间，包括找店、谈房子、交定金、装修陈列。所有的事情都一气呵成。我问她咋能这么快，她说多年的媒体工作经验培养出来的东西，不只是整合力和执行力，还有很重要的一点就是：不纠结细节。虽然只是搭了个大概框架，但及时上线可以节省非常多的成本和精力，而且框架搭好了，再去打磨细节，就容易得多。

虽然开了一家植物店，但微微并没有辞去工作，她只能牺牲空余的时间来打理店铺，她说："总得有一份收入去养活自己的梦想。"我觉得她很辛苦，但她跟我说："你们所看到的辛苦，恰好就是我的幸福。"她说，当她全神贯注地打理植物的时候，感官会无限放大，仿佛能感觉到来自身边的能量，觉得满满的都是生机，那是一种很享受的状态。在很多人辞职开店的故事里，"辞职"往往被说成是一件很酷的事，但事实并非如此，微微说："创业之后，你的工作量、工作强度和责任，都要比正常的上班族大很多。如果创业初期，在你最有热情的时候，你都不能同时兼顾两份工作，我会觉得你的抗压力、执行力和对事情的判断力，也许都不是那么的准确，这样的创业，实在太冒险。相反，如果你保有一份工作，有稳定的收入来源，就会有好的心态，为自己的店争取到调整的时间。不会因为过大的经济压力，迅速地开一家店又关掉。"

打我认识微微开始，就知道她是一个晚睡早起的人，她跟我说她从小就觉少，但她不睡觉的时间，几乎一刻也不闲着。也正是因为这样的状态，让她在这么短的时间里，开了这么多家店。她跟我说，她是学建筑的，本身设计是她的强项，再加上她喜欢的东西又多又杂，却没想到把这些杂乱的东西归置到一起，竟然还不错。

微微的几家店中，最火的当然还是"小时光"咖啡馆，现在在北锣鼓巷有两家，很好区分：一家全是猫，一家全是狗，有狗的是老店，有猫的是新店，但无论是哪家店，都非常好看。很多明星、摄影师都会来店里取景。慢慢地，"小时光"也成了一处拍照胜地，生意非常红火。

这一路下来，微微肯定不是顺风顺水的，但她死活不愿意让我跟大家说。她只是每次在路上跌倒都会坚强地爬起来，然后很坚定地告诉我，她真的没有跌倒过，老天很眷顾她。这谁会信呢？只不过每次的不悦与坎坷都被她笑着化解了，再回头，她也只记住了那些阳光欢乐的事情。

与其说这是冥冥之中的命运安排，倒不如说，这是时间给出的答案。你付出精力去研究过的一切，都会在未来回报你。

关于
牛×哄哄的牛轰轰

牛轰轰，这个内心很少女，却总是表现得很狂野的女孩子，我们每次聚会，她基本上都是被大家攻击的那一个。没错，包括我在内。她是一个很大大咧咧的人，所以也总是不经意地说错话，比如会在聚会的时候隔着很远大声提醒朋友，你脸上有鼻屎，然后满场尴尬。

2016 年夏天，接到大使馆的邀请，让我和轰轰跟着几位前辈一起去印度尼西亚访问。我很犹豫，工作室刚起步，如果我不在，让大家自己工作，万一遇到什么特殊状况，我不放心。但大使馆毕竟是比较权威的机构，又可以跟一些非常优秀的前辈共同探访，这对我来说，无疑是一次很好的成长之旅。我在群里跟他们说了我的担心，微微直接跳出来说："你放心去呀，当然要去，工作室交给我了。"我瞬间放心了，接受了邀请，跟轰轰一起去了。

因为要去的岛是一个比较小众的地方，所以我们要转三趟飞机才可以到，凌晨三点我们在机场会合，等轰轰到的时候，她提着一个非常皱的塑料袋，我问她："这是什么？"她说："这是我一天的粮食。"我打开一看，只有几片煮牛肉加一个鸡蛋。她很爷们儿地傻笑两声，带着一点害羞，说："嘿嘿嘿，我减肥。"

减肥大概是轰轰说了两百多次的一件事，印象最深的是，有一次她发朋友圈说："如果在六月一日前我瘦不了20斤，我给每个点赞的朋友发一百块钱。"但真到六月一日那一天，她就在我面前，偷偷地删掉了朋友圈中的那一条，一脸震惊地说："完了完了，我已经欠了十几万了！你们就当没看见啊！哈哈哈哈哈！"

凌晨的航班不多，安检和海关很快就通过了，等了很久，红着眼的我们终

你的名字

你好，我是轰轰，那个，牛……轰轰啦

当年年少不懂事，刚毕业找不到工作

第一次

第五次

第N次

觉得自己画丑人累，自己拍拍一算，
以后的人生大概也像前二十年一样失败

所以于脆起一个让人听了虎躯一震
的笔名，牛轰轰！简单粗暴！

我是个非常直接或者说懒得思考的人，
所有的想法都体现在名字里，不光是
我的名字，还有……

连猫的名字都赋予了深刻的意义

于登上了去印度尼西亚的航班，轰轰坐我旁边，她一上飞机，就用整个毯子捂住了自己的脸，潇洒地昏睡了过去，样子很搞笑。

等到了目的地已经是晚上，酒店是极具当地特色的小寨子，一个个小楼就是一个个房间，晚上也看不到风景，但等我洗漱完躺下的时候我才注意到，我在房间里，可以非常清晰地听到海水拍打海岸的声音，感觉近在咫尺。记得曾经下载过一个可以让人深度睡眠的音乐，而这音乐恰好就是海水的声音。不知道是因为太累，还是海水声真的可以助眠，那一晚真的睡得特别香。

第二天起床打开窗，阳光和海水就在眼前，一整天的好心情就从那刻开始了。于是我去敲轰轰的房门叫她起床："快，我们去拍照吧！"那是我第一次给她拍照，轰轰有点婴儿肥，应该怎么形容呢，有一次，她出席一个活动，因为身体不舒服没有接受采访，于是媒体的稿子标题就是《知名漫画家牛轰轰出席×××，四目无神脸滚圆》，关于脸滚

你笑起来就是好天气 ——

090

圆这个梗，感觉又好笑又贴切。虽然有点婴儿肥，但是轰轰的五官非常好看，鼻子很挺，深深的眼窝很有欧美范儿，整个人都有一丝混血的味道，这副长相，自然也很上镜。

她很想拍照，但又极其不自信，因为觉得自己很爷们儿，觉得没办法驾驭我想拍的少女感，于是我教她摆各种姿势，在这个过程中她跟我说："王义博，真的，连你都比我有女人味。"我哭笑不得，继续鼓励着她。好看的场景、好看的人，加上我很自信的技术，出来的照片，真的都还挺好看。

那次旅行是我跟轰轰接触时间最长的一次，她比我想象中的还要努力。每次在路上，当所有人都呼呼入睡的时候，她却丝毫没有疲惫感，准备着下一次漫画的脚本和故事，写到开心处自己还会在一边傻笑。都说认真工作的人最可爱，应该说的就是她吧。

等回到国内，大家又继续开始了自己的工作，因为公司性质接近，有任何

你笑起来就是好天气

同学们也是……

所以我一直想改名字

问题，我们都会互相交流沟通，我从她的身上学到了很多东西，她说她从我身上也学到了很多。这才让我感悟到，我们对"朋友"两个字的理解越来越深刻，朋友之间要互相欣赏，又可以互相帮忙，总是可以彼此吸收到一些正能量，这就够了。

轰轰跟我一样有一个特点：很任性。有一次，她最信任的合伙人决定离开她，离开的时候她说了气话"你走吧，你走我赔你钱"，然后还立了字据给合伙人。没想到合伙人就再也没回来，直到有一天合伙人让她支付赔偿时，她才意识到，合伙人的离开，让公司损失很大，自己这么多年竟然没有个人积蓄，而是把所有收入都奉献给了公司，这个时候，她没有资本去填补当时说的话，于是来找我和微微聊，哭着说自己很难过。而我跟微微又都是帮理不帮亲的人，一直提醒她："每个人都要对自己犯的错负责，既然是你当初答应别人的，那你这个时候哭，又有什么用？"轰轰听完似乎快要崩溃了："其实你们不知道，我并不是因为自己赔不起而难过，而是在我难过的时候，我想要有人能够陪着我、安慰我。道理我都知道，对与错我也都能分辨，但我真的，只是想在我难过的时候，你们可以安慰我。"

我和微微一下子就变得很自责，我对朋友的定义又多了一条，你不仅需要在朋友犯错的时候把他拉回来，也需要在他难过的时候，安慰他、保护他。越是平时看上去大大咧咧的人，越是容易有一颗柔软易碎的心，轰轰就是如此，仔细想想，我也是这样。

后来，微微帮轰轰渡过了难关，轰轰的公司重新步入了正轨，她又变成了一个没心没肺、没脑子的傻大姐，每天都跟我们嘻嘻哈哈。就在我写到这里的时候，外地的好朋友来了北京，自称金牛座绝对不会请吃饭的轰轰为了庆祝自己渡过难关，请大家一起吃了晚饭。她说："今天我很开心，你们随便点，咱们六个人，2000 块以内。"我们倒也真没客气，不知不觉竟然恰好点了 1990 元的菜，这是我第一次让她埋单。没想到平常自称特别抠的她，在最后竟然真的特

别爽快且开心地埋了单。

席间我打趣说："我刚写完微微，正打算写你呢。"微微在旁边偷笑："是不是又要写我无数次跌倒又爬起来啊？我跟你说你可不能这么写啊，我可没跌倒过，但轰轰可以，她真的是跌倒又爬起来。"轰轰一下兴奋了："对对对，你可以这么写我啊！而且要写成我没有爬起来，一直跌倒，一直跌倒，到现在还在匍匐前进。哈哈哈哈。"

我说行，要不你画点漫画吧，用漫画的形式写点故事，关于你，或者关于我们，关于谁都行，我放进我的书里。

她说："好，我明天就给你、给你讲讲我为什么叫牛轰轰。"

现实中……

是呢，掐指一算，毕业6年了
来北京3年，一路磕磕绊绊
我一无所有，根本不牛哄哄
也没认识什么高端大气上档次的人

却认识了一帮在我一无所有的时候
仍然在我身边的朋友
他们有爱，有坚持，有梦想
是另一种高端大气上档次！！！

但最重要的是
他们都跟我一样有特别土的名字

守护
汪星人

微微有一句名言："我想，人生最完美的状态，就是坚持做自己喜欢的事，以自己最舒服的方式生活。"

微微是我很爱的姐姐，在北京如亲人一般的存在，有事没事，我都会找她，她也一直帮我。估计是受了微微的影响，我很想养狗，但又不敢养，因为拥有一段很难过的养狗经历。

曾经在大连住的两年时间去狗市买了一条狗，是条小金毛。我买它的时候，笼子里其他的小狗都到处跑，只有它往我身上扑，根据我的性格，那当

然就是它了。带回家精心照顾，给它起名锤锤。狗市的人说，它已经打完疫苗了，但一个月内不能出门，不能洗澡。我便乖乖地在家里照顾它，教它各种技能，其间最欢乐的事，是从网上给它买各种玩具、尿布以及零食。

但是没过几天，锤锤开始拉稀，我查了资料，说可能是细小病毒（狗狗患的一种绝症，死亡率非常高），赶紧带它去医院检查，抽血查便后，医生说，没事，只是胃炎。我也松了一口气，大概连续打了一周的针，锤锤好了很多。医生说，它可以回家吃口服药了，不用来打针了，我很开心，就回家继续照顾锤锤。怕它不好消化，所有的狗粮都是温水泡过后喂它吃。吃口服药大概过了两周，锤锤不仅没有好转，突然有一天便血，我又赶紧带它去医院，一查，是犬瘟热。我心想，我除了医院哪儿都没去，疫苗也都打全了，怎么还会感染？仔细一想，可能是黑心狗市老板骗了我，也可能是医院的消毒不够精细，后来还是医院护士说漏了嘴，说上次可能是检查得不仔细，所以不太准确。不过我也没必要跟他们较真儿，医好它才是最重要的。那段时间我暂停了所有工作，每天坚持给它打针吃药，但直到有一天，锤锤已经开始抽搐，眼睛也被病毒黏液粘得快睁不开了。医生跟我说，以现在的状态肯定是治不好了，这消息如同晴天霹雳，回家抱着锤锤呆坐了一下午，我决定，就算治不好，也要让它出去转转，它都没有好好看过这个世界。

于是我背上相机，给它拍了照，这是我接它出来后第一次给它洗澡，带它出门。为了不让病毒感染其他狗狗，我一直没敢让它乱跑，而它也很虚弱，已经没有力气到处跑了。那时候的锤锤已经学会了在尿垫上大小便，直到最后便血的时候，还会很虚弱地跑去尿垫上上厕所。拍完照没两天，锤锤就走了。

你这么可爱，走到哪里都让人喜欢。

你笑起来就是好天气

给你买了很多玩具，你很喜欢它们。

只是病了以后，便对它们没了兴趣。

你笑起来就是好天气

聪明的你仅用一天就学会了坐下。

一天学会了在尿垫上大小便，我高兴坏了。

眼睁睁地看着你快不行了，
给你洗了澡，
希望你干干净净地走，
你可能知道自己要走了，只是静静地趴在我怀里。

因为太小，一直不能带你出来玩，
早就备好的狗绳没来得及戴。

看着你已经抽搐得没有力气站起来，

你笑起来就是好天气

我给你拍照，心里却在流泪。

你应该就是上帝派来的天使，
知道这里一切都好，你只是想回去了。

别忘了回家的路，这里有你爱的一切。

你笑起来就是好天气

你在那边过得好吗？
很想你，很爱你。

你笑起来就是好天气

一直在等你长大，是想等你再大些就可以给你拍一组属于你的照片，可你好像等不及了，你在那边还好吗？记得要听话。很想你。

锤锤走后，我没过多久就来了北京，心想，我应该这辈子都不会再养狗了吧，真的伤了。过了三年，也就是我创业的那一年，看着微微的狗真的很喜欢，想养又怕。微微说："没事的，想养就再养一只，只要你好好照顾它，它也会一直好好守护你。"在工作室成立的第一个月，我决定工作室可以有一只猫或一只狗，于是跟好朋友一起去找合适的狗狗。

前车之鉴，我去到某宝，搜索信誉最好的犬舍，联系之后，他跟我说可以直接去犬舍看狗，就在北京，我觉得这样也更靠谱一些，就赶紧约朋友陪我一起去看。约定的看狗地点很神秘，店家让我到一个地方等着，然后来了一个中年男子开车把我们带到了一个很偏远的地方，我甚至以为是要拐卖我们，再一想三个平均身高一米八五的小伙子，就算赢不了，至少也可以同归于尽吧。好在这位大哥真的把我们带去一个犬舍，这个大哥也实在，告诉我，某宝所有的店铺都不是实体犬舍，它们只是一个空壳，上面的照片和评论也都是假的，很多店铺只负责拉活，其实最终都会拉到他们这个犬舍来。

虽然一听被骗了很不爽，但听这个大哥这么一说我倒觉得他还挺实在，便相信了他。朋友劝我养一只苏格兰牧羊犬，说很聪明，也灵活，据说长大还会帮我拎东西、关灯，我觉得很不错，但我还是选了一只比较蠢的阿拉斯加，因为真的，太可爱了！像一只小熊，水汪汪的眼睛，就一直看着我，像是跟我说，赶紧带大爷回家，我就很忠诚地说了声："喳。"OK，从那一刻起，我真正的"狗奴"生活，开始了。

  又到了起名的关键环节，怎样才能起一个名字，让别人觉得它很帅，它的主人也很帅呢？想叫小熊，觉得太客气了，不够大气。要不起个土一点的名字，叫铁柱？会不会太俗了一点？思来想去，要不就叫它悟空吧！很好，我很满意，我希望它可以大闹天宫，但不要在家里闹。

  都说阿拉斯加这个品种的狗很笨，但我竟然觉得悟空很聪明。它那时候大概三个月，我用了一个小时教会了它"坐下""趴下""不许动"，我当时的感觉就是，它太聪明了。跟我一样，哈哈。

  为了不像上次那样出现问题，我第二天便带悟空去做了检查，为了避免有遗漏，血检、便检、口水和眼泪全方位都做了检查。大概半个小时后出了结果。医生叹了一口气，我心里一紧，不会有什么事吧？

医生说，它有细小，我脑子瞬间空白，问医生："好治吗？"他告诉我："细小跟犬瘟热不同，发病很快，一周内就结束生命，如果能撑过一周，就说明能好，要治吗？"当然了，当然要治，立刻、马上就治。于是从那天起，我就带着悟空过上了每天打针的生活。

犬瘟热和细小病毒都是非常难以清除且很容易相互感染的，这么说来，犬舍里的其他狗狗肯定也多多少少都携带病毒，我给黑心犬舍打了个电话，他说："你可以送回来治，我们包治，或者我们给你换一只。"我听完很生气，如果送回去治疗，肯定不会精心养护，多半是活不成的。换一只？对待一个生命就如此轻描淡写？我时刻提醒自己要淡定，但还是跟他留了一句话："无论怎么样，都请善待生命，要不一定会遭到报应。"这句话听上去很幼稚，但我深信，善有善报，恶有恶报。

当时是我创业的第二个月，一要对工作室负责，二要对悟空负责，很感谢当时有那么多给力的小伙伴，还有微微、轰轰一直在身边帮我打理着工作室。那时候悟空很小，我每天就把它放在书包里，露出个头，每天背着它去打针。到后来，它只要看到书包，就会自己爬进去，等我把它带出门。

细小的治疗是非常漫长的，我从网上找了偏方，但不到万不得已不敢尝试。带着悟空打针的日子，它很乖，输液两瓶，然后小针要打八针，后来要打十针，它的皮下注射很难吸收，每次打完都鼓一个大包，没过几天，悟空身上已经鼓了非常多的包，毛厚得看不到，但我每天抱着它，都能摸到。无论是背着它打针还是在回家的路上，或者是在医院它趴在我腿上，我都会给它讲故事，跟它开玩笑，鼓励它，我知道它听不懂，但这种有主人陪伴的感觉，会给它信心吧，我说："悟空，你一定能好！"

我很有信心它能挺过来，大概过了两周，复查病毒，发现细小已经好了！我几乎热泪盈眶。抱着它一直晃，它一脸无辜地看着我，它肯定不知道，我当时有多高兴。正当我打算带它走，医生叫住了我："悟空的检查结果出来了，体内还有犬瘟热和冠状病毒。"我以为我听错了，不会是真的吧？犬瘟热、细小、冠状病毒是犬类最难治愈且死亡率最高的三种传染病。医生的意思是，悟空全中了。我对医生说："不可能，上次都没查出来，你再核查一遍。"再次检查的结果也一样，细小的确好了，但也的确检查出了犬瘟热和冠状病毒。医生问我："这么下来，可能会花很多钱，你还要治吗？"说实话，摄影赚的钱并不多，来北京开销也很大，所有的积蓄基本都投进了工作室，身上一共只有不到三万块钱。但我说，就算借钱，我也得把它治好，之前的锤锤走了，这次，我一定要留住悟空。我们必须治。

回想起那一个月的时间，我经常在医院，始终把悟空放在腿上，怕医院还有其他的病毒，不敢让它下地，也怕它把病毒传染给其他的狗狗。有的时候，悟空趴在我腿上睡着了，我的腿麻了，都不敢换姿势，怕弄醒它，感觉就像自己的孩子，我也一直自称爸爸，而爸爸的使命，就是一定要让宝宝健康起来。医院的医生和护士都对悟空非常熟悉了。

从前到后，悟空身上已经扎了两百多个针眼。虽然悟空查出了病毒，但它似乎一直都没有发病，大便正常，鼻头也很湿润。细小的发病是非常快的，大多数一周内就会病发身亡，如果挺过一周，那就基本没问题了。悟空真的挺过了一周，医生跟我说："输液不用了，剩下的就是打小针了，如果你愿意的话，我们可以教你怎么皮下注射，这样我们给你开药后，你就可以自己在家里打了。"

我当然愿意，一是避免了每天往返的麻烦，二是悟空不出门一定是最安全的。于是从那天起，我开始给悟空打针，感觉自己变身为王医生。悟空很懂事，除了有几次打针打得特别多在医院里惨叫过，之后每次打针，都默不作声，医院的人都夸它懂事可爱。那当然啦，也不看是谁的"儿子"。我给它打针它也很听话。我当时就一个感觉，完全看不出它在生病，不过也因为一直打针身体不舒服，食欲不佳，本身很瘦的它，变得越来越瘦。不过也真的很感谢那段时间它的陪伴，我从一个急性子，逐渐变得很有耐心，更感谢它的是，它真的挺了过来。没错，狗狗的三种疾病，它都挺过来了。大难不死，必有后福。再后来，它真的就一直很健康，没再得过什么病。可能是因为它知道自己挺过来不容易，它很听话，很聪明，逐渐学会了更多的技能，只要有朋友来拜访，我都会让悟空给大家表演一番。

后来悟空成了工作室的明星，它跟很多帅哥、美女拍过照片，镜头感非常好，果然是摄影师的狗，天生就是个模特。

悟空挺了过来，也给我带来了无尽的欢乐，接下来的精力，我也全部放在了工作室上。

你笑起来就是好天气

背起行囊,
去看月光吻海洋

○愿有人陪你牵手看世界 ○梦想带着相机去世界各地 ○英国：一个拥有高贵气质的国度 ○法国：逗趣、时髦又充满活力 ○瑞士：每一秒都充满惊喜 ○天使在旅途 ○出门旅行，听我的至少省两万！ ○假期朋友圈装×指南

愿有人陪你
牵手看世界

132~160

在好朋友的策划下，我拍摄的很多组恋人，想通过照片，记录下他们的
爱情，用面对面的牵手视角，拍下他们一起携手、一起走的样子。

一对旅行中
的
浪漫老人

我能想到最浪漫的事，就是老了一起去旅行。

赵爷爷和徐奶奶是黑龙江生产建设兵团的战友。

四十多年前，在一列载着未知命运的火车上，他们第一次相遇。谈到他们是怎么走到一起的，爷爷奶奶都说没有为什么，一切都顺其自然。那个年代的爱情就是这么简单。以为回不到北京的他们就在黑龙江安了家。

1977 年恢复高考后，两人通过努力改变了命运，考上了大学，做了教师。2007 年两人退休后，在孩子的支持下，他们每年至少出去旅行一次。从山东到半岛、满洲里、东三省、阿尔山、新马泰……爷爷总是牵着奶奶，浪漫潇洒。

旅行的意义，对他们来说，只是老了，想出去看看。

他们最想去的地方是秋叶灿黄的新疆。

一路旅行一路画
的
恋人

与你在一起，看到的风景都是画。

他们是不羁的青年艺术家，

他们是坚持了五年的素食主义者和传统文化爱好者。

他们相识于初中明朗的画室，那时候她还是短发"假小子"。长大后变得长发妩媚，然后他爱上了她。也因此，她曾耿耿于怀，觉得他爱的不是真实的她。他坦白爱她从女孩到女人的蜕变。后来，两人一起创办了画室。可以说是艺术让他们走到了一起，如今他们已经相恋六年。

她是多变的水瓶座，梦想和旅行地随时变化；而同样自由的他，从来没有什么特别想要去的地方，对他而言，只要她陪着，哪里都是风景。他们的第一次旅行是大学时，他陪她去北京看 Westlife 的演唱会，虽然他并不知道唱歌的是谁。

他们希望在旅行中画出经历的每一处风景和遇见的每一位朋友。

他们最想去的地方是克罗地亚。

镜头里
的
爱情

互为光，互为影；相成全，相成镜。

旧时光

他们的职业是每天捕捉美的摄影师。

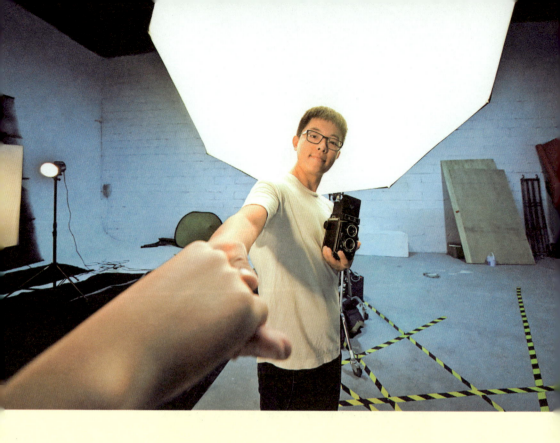

他们相识于茫茫网络中，一个在南，一个在北。他是摄影专业的学生，而她是摄影爱好者。从一开始他教她用相机拍照，到后来一起成为专业摄影师，一起看世界的风景，记录青春的笑脸，经历美好的人和事。她说，遇见对的人，会促进彼此的成长与发展，同时也会因此而感受到压力，从而促成自我。两个人的相处，最好的就是，他们只要在一起，就会更好。

旅行对他们来说，是发现美、享受美的过程。

他们最想去的地方是北极圈边上的冰岛。

在我稿子还没写完的时候，晃爷和希琛已经从国内出发，开车环游世界整整两个月，他们一起经历了西伯利亚的严寒，看到了北极圈内的极光，携手感受了法国的浪漫，此刻的他们，正收拾行李，准备回国，他们告诉我，出门最想念的，还是能回家吃火锅。

穿越了 20 年
的
小理发店和爱情

爱情里，一个屋子就是全世界。

他们在北锣鼓巷胡同里，经营着一家理发店。

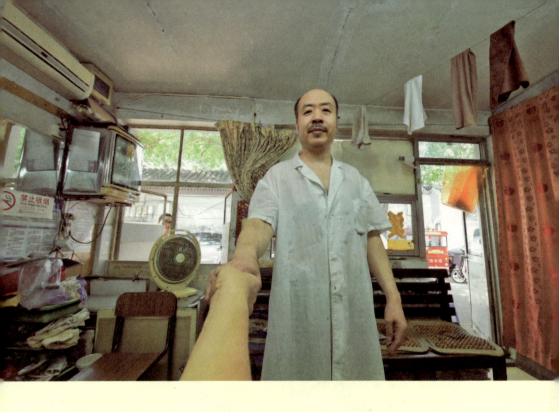

拍摄的路上偶遇老板坐在门口看报纸，那个画面莫名地吸引了我。走进店去，发现里面的器械是二十多年前的老式理发工具，很怀旧。问到是否可以为他们拍一组照片时，一开始他们是拒绝的，老板沉默，老板娘说他们不想出名。后来在他们女儿的劝说下，他们善意地同意了。一开始拍摄时的"高冷"老板也露出了暖心的笑容。在这个现代化都市，很多老顾客的光顾让他们一直坚持着，他们更多的是为了开心而不是赚钱。他们二十年如一日地经营着小店，结婚多年的他们很少出去旅行，老板娘说："倒是很想出去走走，但是店得有人看呀。"临走时，我送老板娘一束鲜花，接过花的那一刻，那笑容让她瞬间变成了少女。

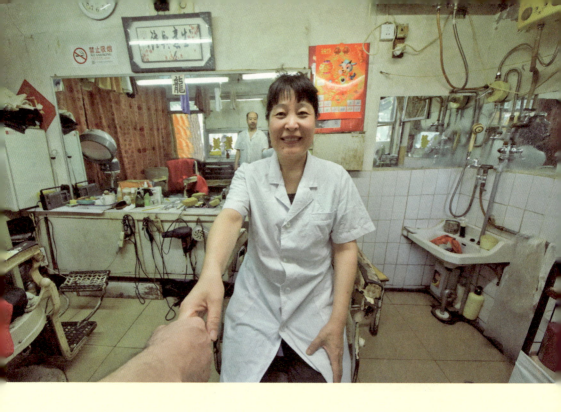

不是每天出去旅行的人，才有资历
说旅行。旅行对于每一个人而言都
是内心的美好向往。

他们最想去的地方是海南，想带着
女儿去看南方的海。

多肉小姐
和
鹿先生

北京那么大，谢谢你的陪伴。

旧
时
光

她是了解两百多种多肉植物的"多肉小姐"，

它是善良温和的巨蟹座"美男子"。

当初她只身来到北京，陪着她的是小鹿。如今她是一家咖啡店的老板，陪伴在她身边的依旧是小鹿。她是"90后"美女店主，在北锣鼓巷经营着一家叫"小时光"的绿植咖啡店，日常生活就是管理咖啡店和遛小鹿。而鹿先生的日常就是负责在店里卖萌和陪着她。她说："等我攒够了钱，我想带着小鹿环游世界。环游世界是我的梦想，我想也是小鹿的。"

最美好的旅行，是与爱的 TA 在一起。

他们最想的是，一人一狗走天涯。

两个
写情话的
人

最浪漫的情话与最真实的爱情。

@勺布斯   @咸贵人

他们是百万粉丝的微博人气情感博主。

他们因对对方的微博产生倾慕，网络异地恋变成现实本地恋，问其缘由，他无奈地笑笑说："那我不去找她就只剩分手了。"网络里他们被万千人喜爱，走在街头是一对彼此温暖的小情侣。他们每天写着感人的情话抚慰着无数网友，却也因为对方忘记一件小事而委屈流泪。他们的爱情理想是：希望我们紧握着双手也能成全彼此自由。他们一起去过椰风海滩的三亚和温婉动人的岭南。

旅行也是他们创作的灵感，两人准备共同写一本关
于男女不同视角旅行体验的书。

他们最想去的地方是五湖四海。

旅行
便是修行

愿牵众生之手，度众脱离苦难。

@释慧固

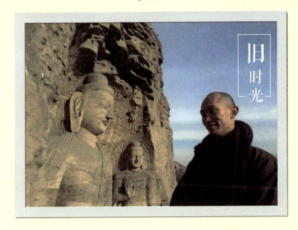

他是一个孤独、快乐的修行者。

他曾经是马来西亚一名专业运动员。球场的风光让他体会到的却是无尽的空虚。17岁，在大多数人都还在玩乐的年纪，他却决定离家去看外面的世界，机缘巧合，听闻星云大师讲法，顿有所悟；18岁，来到台湾佛光山；19岁机缘成熟，由星云大师为其剃度出家；2013年来到北京大学，攻读哲学博士。法师所到之处会随缘度众，在北京期间公益推广DIY手工皂，不仅环保还帮很多人解决了经济问题。当我还是忍不住问到为什么选择出家时，他说："人生路上选择很多，但只能选择一条，是故正视并深思熟虑之，我选择了我的向往。"就这样，慧固法师，踏上了一条永恒的度众之旅。

旅行对法师而言是一种修行，云水行脚——用最少的资源去获得最丰富的体验，完善美好的一生。

他最想去的地方，是令他悲悯的朝鲜。

梦想带着
相机去世界各地

　　每个人的梦想都可以有很多，它们分布在你的每个年龄段，分布在你走过的不同地方。我也一样，有过好多好多梦想。

　　一个人成熟的标志有很多，其中有一项就是不再说空话。在还没毕业本该学习的年纪，第一要事就是要好好完成学业。我们在校园的日子，是一个人成长最快的日子，努力把学习成绩提高，不仅是因为这些知识最终会在你未来步入社会后为你所用，更多的是教会你如何去掌握知识的学习能力。生命就是一场永无止境的学习之旅，无论你从事什么行业，都需要学习，都需要进步。

我从小学习成绩还不错，是老师口中经常会提到的聪明孩子，所以从小就觉得自己学习能力挺强的。但也很明确地意识到自己自制力差，除了爱开小差走神，还有就是只要能偷懒，就绝对不用功。

小学的时候，家里住的房子80平方米，装修风格大家可以脑补一下90年代的整体水平，客厅一侧平行两个卧室，一个是爸妈的，一个是我的，卧室门上有个玻璃窗，玻璃窗最大的作用在于，有一次不小心反锁了门找不到钥匙，然后就直接砸碎了玻璃，把手伸进里面把门打开。自此之后，那个玻璃没有再被补上。也是因为这个原因，如果我不听话的时候把门反锁，我爸都会把手伸进门轻而易举地把门打开。虽然听起来很可怕，但我爸妈从来没打过我，但那个没有玻璃的玻璃窗，一直让我很没安全感。

每到周末，玩疯了的我经常没时间写作业，爸妈做生意，周末也经常不在家。回家第一件事就是问："作业写完了吗？"我说："写完了。"结果他们一摸电视机屁股，还在发热，很明显，就知道我又偷偷看电视了。为了强力证明我真的写完了，晚上我会很自然地跟他们一起看看电视，然后假装乖乖睡觉。因为房门的玻璃窗透光，如果开灯补作业，会被发现，所以，我拿着手电筒，大半夜开始在被窝里偷偷地写作业。这一招屡试不爽。写完作业就美美地睡觉了。后来有一次写到一半，手电筒没电了。不过真佩服当时的一个小学生的抗压能力，竟然一点都不慌张地拿出了自己早就备好的蜡烛，点着蜡烛偷偷把作业写完。蜡烛的光很弱，所以也并没有穿帮，后来第二天起床才发现，布艺做的床头被烤出了一个洞。也正是在那个时候，我发现自己虽然自制力差，喜欢拖拉，但效率很高，计划很强。犹如一个天才，哈哈哈。

在大学以前，我似乎从来没有定义过梦想。也许是因为高中时就听到一

句话，计划不如变化快，很多问题都可以用这句话来解释。中学时代是一个人青春期最叛逆的一段时间，讲什么梦想，其实都不那么成熟。后来上了大学，一直想找一个机会证明自己，但进了学生会后觉得没什么意思，直接退了出来。后来的生活，除了间歇性运动和持续性逃课以外，好像也没有别的事情可以做了。直到大二，同学跟我说："好闲啊！要不我们开个店吧！"我哪里管它好不好弄啊，直接答应："好啊，好啊！"

你笑起来就是好天气 ——

说做就做，我跟两个好朋友一起开了一家校园小店，因为大学生大多数没有太多的日常开销，所以我们选择了去沈阳当地最大的五爱市场拿货。我去了之后才知道，原来我们平时经常用的东西，成本这么低，一件针织衫最低可以 15 块钱拿货，T 恤如果拿得多，可以 10 块钱一件。后来我们经历了自己租房、装修、进货、卖货后，小店就步入正轨了。那时候的梦想，就是把店开好，即使赚不到太多钱，也一定是未来路上的一点经验。不过到那一学期末，差不多过去了半年，我们还是决定不做了。一个是因为到了考试周，逃不了的课越来越多；另一个很重要的原因是，我们三个本身是特别要好的朋友，并且每个人的生活状态都很不错，但一起经营这个小店后，经常会因为一块钱或者鸡毛蒜皮的小事而意见不合，大吵一顿。大家觉得没必要，在保证大家都不亏的情况下，我们把店盘了出去。其实也是因为，年轻气盛，新鲜劲儿逐渐过去了，就没那么大干劲儿了。这个店是我大学时第一个小小的梦想。虽然店没了，但它并没有破碎，我从中也收获很多。

小时候爸妈是做家电生意的，所以我就在家电堆里长大。小学时最自豪的就是放学可以带着同学跑到家电城里玩最新的游戏机。爸妈很爱唱歌，那个年代的饭店基本都有卡拉 OK，除了吃饭经常高歌以外，爸妈并不满足，直接把卡拉 OK 搬进了家，闲着没事就经常带着我在家里唱歌，所以我从小唱歌也很不错。有一次爸爸单位搞活动，我上台唱了一首《女人是老虎》，据说艳惊四座，哈哈哈哈，从此之后我就很喜欢唱歌。再加上爸妈工作的缘故，在还不那么流行的时代，我就已经可以用上 Walkman 随身听，到后面的 MP3、MP4，虽然跟爸妈说都是用来听英语的，但其实一直都用它们听歌。上了大学，终于有机会可以上台唱歌了，连续两年拿了学校的十佳歌手，还代表学校去参加了辽宁高校歌唱大赛，拿了个季军，学校的各种活动也都开始邀请我上台演出，到后来，我接到了一些商演，每场可以拿到 100 ～ 200

你笑起来就是好天气

块钱，这对于我这种还伸手跟家里要钱的大学生来说，简直就是一笔巨款。那时候有个小小的梦想，是可以一直唱歌。但真正接触到一些专业歌手之后，发现业余出身的我根本没有底气和能力跟他们同台竞技，于是我也慢慢收起了这个小愿望，并安慰自己说，娱乐娱乐就够啦，至少已经有很多不错的经历了。

再后来我就接触了摄影，逐渐地积累和学习，让我的梦想变成了当一名摄影师，没想到真的坚持下来了。因为摄影，我去了很多城市，虽然有时觉得很忙、很累，但我很喜欢每个陌生的城市带给我的新鲜感和惊喜。

有一次去长沙，跟宋伊人、黄灿灿一起录制《天天向上》校花特辑，当我在台下看着自己的好朋友在台上星光熠熠、被所有人聚焦的时候，从小就爱出风头的我幻想着，我可得好好混，说不定有一天，我也可以到台上。

那时候刚刚大学毕业，我的梦想不再是小时候站在饭桌前跟爷爷奶奶说笑自己想上清华北大、长大要当科学家，也不是同学聚会侃侃而谈说自己想找一个人一起环游世界。

我的梦想变成了，带着相机去世界各地，想去土耳其看漫天热气球，想去泰国看漫天孔明灯，想去北极看漫天极光，想去非洲看飞禽走兽。而我现在也真的在一直努力完成这一个个梦想，去到每一个曾经想去的地方。

毕业后也去就业市场转过几次，投了不少简历，但到最后问了自己一句话，你真的想做这份工作吗？答案是否定的，还没有出去看看这个世界，我不服。

于是我拿着我巡拍摄影赚到的钱，办了签证，准备去欧洲看看，恰好我发小在英国读书，于是决定办理英国签证和申根签证。但作为自由职业者，没房、没车、没结婚，第一次去办理发达国家的签证是很麻烦的。于是我尽可能地准备了足够多的材料，也写了一份非常详细的自我介绍，然后紧张地等待着大使馆的结果。看网上的经验说很有可能接到大使馆的电话，我还专门准备了一份英语材料，把想要表达的关键字用英文标注，以防到时候暴露自己的英文不是那么好而被拒签。果真有一天接到了大使馆的电话，不过是全程中文沟通，她问我是自由摄影师吗，我说是的。没想到她很专业地问了我很多与摄影相关的问题，比如拍人像的时候我用什么相机镜头、相机是什么型号、相机画幅分为几种。我很自然地脱口而出，毕竟这些都是自己非常擅长的，对方也很满意，相信了我是一个真正的摄影师。直到最后，她跟我说了一句："其实我有关注你的微博，希望你的欧洲之行愉快。"这简直像做梦一样。申根签证下来后，英国签证也非常顺利地拿到了。于是我的第一次欧洲之旅，选择了几个我很向往的国家——英国、法国、瑞士和意大利。

你笑起来就是好天气

英国：一个拥有高贵气质的国度

　　在去英国之前，我做了将近一整本的攻略，把预算和线路都规划好，万事俱备，就等出发了。第一站选择英国，是因为要在那里跟发小会合，然后一起用一个月的时间走遍好几个国家。

　　因为国际漫游的费用较高，且网速较慢，等到了伦敦，我换上了早就从某宝买的英国当地电话卡，开始了第一次踏上发达国家的旅程。

　　落地后的第一个问题来了，英国的出租车非常好看但又非常贵，如果我从机场到市区，打车大概需要花费两千块人民币，于是我选择了地铁。即使

你笑起来就是好天气

提前做好了攻略，但还是被英国的地铁绕得眼花缭乱。伦敦市区（6区之内）一共有14条地铁线，每条线都有自己的颜色，比如说 Victoria Line 是蓝的，它车厢里的主色调也是蓝的。伦敦的地铁线都不是直的，所以你需要做的，就是盯准了你要坐的线，不要分神，基本就可以了。还好自己够聪明，没有坐错。英国地铁里的出口不叫 Exit，而叫 Way Out，每个站点内部也都错综复杂，但只要跟着出口指示牌走，就不会错。到朋友那里已经是晚上，朋友

在家里自己做了一桌非常丰盛的晚餐招待我。他乡遇故知的感觉，真的是既感动又激动。

因为朋友在准备春假前的学业，所以在伦敦的那几天，都是我自己在玩耍。我也提前根据地图上的位置做好了攻略。

10:15 am
Trafalgar Square
特拉法尔加广场

10:15 am
British Museum
大英博物馆

12:30 pm
Trafalgar Square
特拉法尔加广场

11:30 am
The Tower Bridge
塔桥

13:45 pm
Buckingham Palace
白金汉宫

14:00 pm
St.Paul's Cathedral
圣保罗大教堂

15:15 pm
Big Ben
大本钟

15:00 pm
Hyde Park
海德公园

18:15 pm
Westminster Abbey
西敏寺

18:15 pm
Covent Garden
科文特花园

18:00 pm
Notting Hill
诺丁山

19:45 pm
The London Eye
伦敦眼

19:15 pm
Oxford Street
牛津街

你笑起来就是好天气

第一个去到的地方是特拉法尔加广场，它是伦敦的市中心，也是当地有名的地标，这里经常会有很多鸽子驻足，所以也称为鸽子广场。不久之前在电视上看到一个片段是一帮人在这个广场上打枕头大战，很想来看看，广场上有很多街头艺人，广场正北是国家美术馆，里面的装修风格很宫殿风，正在展览油画作品，进去逛了逛，觉得没什么意思，就出门了。

　　直到下了地铁，才发现别有洞天，地铁的通道是一个壁画长廊，墙上画满了历史。

从这里去其他景点的路都不长，基本都是步行可到。为了缓解来欧洲旅行的经济压力，我在欧洲接了几单写真拍摄，一路上一直也在走走停停地拍，其间路过一条景色还不错的马路，路上没有行人和汽车，于是我跟约片的女孩在马路上拍了几张照片，这时候有一个女警过来阻止我们。第一句话先是很礼貌地问："Do you speak English？"虽然我们说了"Yes"，但后面我也是半猜半懂地听着，警察的大概意思是说，在他们的国家，在马路上拍照是不被允许的，这次先警告一下我们，如果再被她发现，我们将会受到处罚。说实话我们还都挺紧张的，尤其是我，毕竟后面的机票、酒店我都付了钱，

万一因为这个事被遣送回国或者是上了当地的报道，那岂不是很亏、很丢脸？她教育完我们后，我们很诚恳地跟她道了歉，并保证不会有下次，她就微笑着说，希望我们可以在英国有一段愉快的旅行。直到现在想想，这都是个非常不一样的经历。女警正要走，我喊住她，用很拙劣的带着口音的英文问她："我可以跟你合影吗？"我想把我这段经历拿回去告诉更多的朋友，让他们引以为戒，不再做这么危险的事情。她很开心地说："当然啦。你很帅。"（"你很帅"这三个字当然是我自己杜撰的啦，哈哈哈哈。）

要说伦敦我最喜欢的地方，应该是伦敦眼了，伦敦眼跟大本钟离得很近，我到现在还记得从地铁站出来还没走到地面的时候，就已经可以通过出口的门洞看到大本钟的样子，当时真的是太激动了，感觉自己在做梦，那种感觉真的像做梦，有一种竟然真的就来到了曾经在课本上看到的地方的自我陶醉感。

伦敦眼在泰晤士河畔，曾经是世界上最大的观景摩天轮，一到了晚上亮起灯，简直就是梦幻的童话场景。当时也只顾着感受，心想以后一定还会跟自己心爱的人去那里，便没有拍照。

后面逛的地方也没有什么印象比较深的，除了吃了一顿当地的"网红"菜Burger and Lobster，还有好几顿英国黑暗料理 fish and chips 以外，好像也就只有海德公园里满湖的白天鹅了。

终于好朋友放了假，我们便一起飞往英国的另一个目的地——爱丁堡。说真的，除了风大以外，那里真的太棒了。它让我对旅行有了不一样的认识，我在那里只想到处走走，而不是走向景区，因为在那里的每一处，都像电影画面。那里大街小巷的感觉，就像是《哈利·波特》里的场景原型，城堡下面，还有当地人穿着苏格兰裙吹着当地的乐器，整个画面都充满了古典和梦幻的感觉。

在那里，我遇到了一个女孩，她是来找我拍照的客人，一问才知道，她7岁的时候，父母就把她送到了英国，她就读于一所非常有名的女校，刚到英国的她离开父母，语言不通，每天都躲在角落里哭泣。我感叹她的父母真的狠心，竟然那么小就让她独自远离故乡，但她却笑着跟我说，她很感谢父母，让她很小就学会了自理，也很感谢自己的老师和同学，他们对她非常友好，慢慢地，她适应了英国的环境。到现在想来，也的确很让人羡慕，她可以像说母语一样说着一口流利的本土英语。一路上，她给我普及着英国的生活细节和当地文化。

由于一路上的长途奔波，在爱丁堡的时候我腰肌劳损得厉害，想去医院看看，于是她带我来到医院。也是那天我才知道，国外的免费医疗，并非我们想象中的那样。我到了医院，前台的接待告诉我们，英国是免费医疗，所以只能给当地纳税人看病，外国人是不可以在当地接受治疗的，如果想看病，只能找私人医生，而私人医生坐诊的费用很昂贵，每个小时150英镑不含治疗费用，也只能让我们望而却步。

她告诉我说，其实免费医疗非常不好，如果你不是病得很重，医生甚至都不会给你开药，而是让你回家多喝热水。她有个同学鼻子骨折，排队排了

两个月才能做手术。在我还瞪着眼表示很惊讶的时候，她帮我出了个点子，告诉我英国的中医非常多且很专业，让我试试。我们在地图上找到一家中医馆，一进门，真的是一家非常经典的中医馆，一面墙都是中药的柜子，店里面的医生是个 50 岁的阿姨，扎着两个很中国娃娃风的小辫子。医生是北京人，见到我们也很开心，说这边很少有中国人来，当地医疗的烦琐让当地人越来越多地选择中医。她给我做了针灸和推拿，当天我就好了许多。

　　英国是一个极具风度的国家，说真的，即使后来去过很多地方，也还是觉得英国人的普遍长相，是欧美国家里最好看的。

法国：逗趣、时髦又充满活力

我和发小两个人从英国入境法国，开始了接下来的旅程。发小不喜欢法国，告诉我法国很多地方很乱，因为难民的出入，小偷非常多。我也因此对法国的印象不是很好。那一次我们主要去了三个城市——巴黎、尼斯和马赛。巴黎没有想象中的时尚，而是有着非常浓厚的古典气息，一圈走下来，似乎没有看到比较前卫现代的建筑，更多的是在老建筑的基础上翻新的房子。甚至连电梯，都是需要自己推拉开门的那种老电梯，而且每部电梯，也只能站两三个人。

不过尼斯真的让我印象深刻，在去往尼斯的高铁上，有一段路程，位置

你笑起来就是好天气

大概是戛纳和尼斯段，整条铁路都是沿着海边的，那一整片海，被称为"蔚蓝海岸"，就像它的名字一样，蓝天衬着碧蓝的海水，简直触手可及，美到极致。

尼斯是一个非常小的城市，人很少，房子非常整齐地纵横排列。步行不久就可以到达海边，海岸线很长，但它的海滩不是沙滩，而是石子铺成的，石头很光滑，又都是淡淡的乳白色，远远看去，很干净、很舒服。尼斯的英文名叫 Nice，它给我的感觉也的确很 Nice，安静、干净且舒服，应该很适合疗养或者养老。

尼斯离摩纳哥很近，我们决定去摩纳哥看看那边奢华的样子，于是叫了 Uber，走到半路，正好可以看到尼斯全景，我不说，自己看照片感受一下这里。

后来到了摩纳哥，这个国家甚至没有中国的一个城镇大，但遍地的跑车、游艇的确很吸睛，只不过我们对这些不感兴趣，去海边逛了逛，就回尼斯了。

第一次来到法国感受一般，但当地的美食真的很好吃，尤其是在法国可以找到非常多好吃的中餐厅，对于离开家有一段时间的我来说，吃中餐真的是幸福感到来的最快方式。

后来我又去过一次法国，路线不太一样，从巴黎去了阿维尼翁和安纳西。因为是秋天，等到了安纳西的时候，整个小镇都是黄黄的一片，走在落叶上还吱吱作响。

你笑起来就是好天气 ————

PONTON DE LA TOURNETTE

DÉPOSE MINUTE

Réservé à la dépose rapide
Amarrage limité à 2 heures

Arrêté municipal n° 2005 - 1508 du 25/08/2005

Ville d'Annecy

你笑起来就是好天气

　　漫步在湖边的时候还遇到一个穿着花哨的老爷爷，身上挂满了勋章，帽子上缀满了花，当地人跟我说，他是当地的名人，每天都会在湖边漫步，跟行人跳舞、聊天。

　　终于在去过几次之后，对这片土地心生好感，法国的浪漫名不虚传，只不过，这些浪漫并不体现在我们要去的景点，而体现在他们的生活中。

瑞士：每一秒都充满惊喜

安纳西位于法国跟瑞士的交界，提到瑞士，不禁想到很多人问我："你去过的国外旅行地，最喜欢哪里？"

我毫不犹豫地告诉大家，当然是瑞士。

身边去过瑞士的朋友不多，大多数也都是跟着旅行团走马观花。我去过两次瑞士，第一次是跟发小在瑞士自驾，当我们从法国坐着火车慢慢开进瑞士时，就已经开始感叹了，云雾压得很低，湖水很蓝，映着不远处层峦叠嶂的雪山，感觉仿佛身处仙境。我们第一个目的地是瑞士的首都，先提示一下，瑞士的首都是哪儿？相信很多人第一反应可能是日内瓦，其实瑞士的首都是

伯尔尼。伯尔尼的意思是熊出没的地方，在那里有个非常有名的熊洞，虽说是熊洞，其实跟国内的动物园很像，一个大天井下面，有几只熊在下面懒散地来回散步。

虽然伯尔尼是瑞士的首都，但那里的人非常少，即使是在人群最密集的步行街，也都是零零散散的几个外地游客。当地人更像是神仙一样地生活，开心就上上班，闲着没事就到处旅行。除了每个角落都觉得精致以外，也经常看到很酷的老人开着机车在路上狂奔。

瑞士的交通是免费的，但需要乘车券，入住酒店或者民宿，都会给一张travel ticket。第一次乘坐公交车的时候忘记带卡，司机不太会说英文，但微笑示意让我们上了车。

第一次来到这里，第一要事当然还是寻觅当地美食，提前做好功课的我们找到了位于市中心的"粮食仓"餐厅，它由一个百年历史的仓库改造而成，灯光很昏暗，但感觉很高贵且神秘。不过问题是，我们真的是看不懂菜单，于是让服务员随便推荐了几款当地人的最爱，饭菜的味道已经不记得了，但瑞士的消费真的极其贵，感觉每道菜的价格，都是英国、法国同级别的 3 ～ 5 倍。

初到瑞士，把伯尔尼当作一个中转站，更多的是在这里休息，更多的精彩，其实都在后面的路上。做攻略的时候，看到很多人讲，瑞士更多的风景都在路上，为了可以随时随地停下来看风景，我们决定租车自驾游瑞士。于是我们计划从伯尔尼出发，先到因特拉肯，再到卢塞恩，最后去苏黎世。

　　第一天，租车很顺利，开着车，我们就出发了。刚出伯尔尼，真的被路上的景色迷醉了，绵延的雪山配上路旁的草原和奶牛，虽然时刻提醒自己开车要集中注意力，但还是会情不自禁地走神。

也不知道开了多久，我们就到了因特拉肯，看着一辆辆小火车从雪山中穿梭，感觉有趣极了。

后来把车开进火车站，说它是火车站，其实更像国内的公交车站，火车就停在旁边，所有场地都是露天且公开的。映着远处的雪山，感觉这应该是世界上最美的火车站。于是我当然还是臭美地让发小帮我拍了几张照片。

离因特拉肯非常近的是瑞士最有名的雪山峰之一——少女峰，它与我国的黄山是姊妹山，得益于良好的宣传效果，那里成为中国旅行团的必去之处。不巧的是我们去的那几天正好封山，于是直接转战去了卢塞恩。从因特拉肯到卢塞恩的路是最爽的，也是最曲折的。瑞士的公路修得很好，但有一个硬伤就是非常窄，往返各一个车道，上山的路上前后一直都有车，所以开车的快与慢根本由不得选择，尤其是过隧道的时候，一直都是捏着把汗硬冲，隧道很窄，又黑，最让人崩溃的是隧道还特别多，一路上都很紧张。后来开了很久，翻过了阿尔卑斯山脉，欣赏了很多好看的风景，一路上碰上比较好看的风景，就下山路去镇子上休息一会儿。

　　后来赶在天黑之前，我们到了卢塞恩，对这个城市的第一印象即它是最符合我们印象中瑞士感觉的地方。

　　第二天，早早地出了门，准备去雪山上看看，没能去最有名的少女峰，但卢塞恩有一个不那么有名，却也非常漂亮的雪山，叫瑞吉山。它的姊妹山是我国的峨眉山。

　　上山需要从卢塞恩城区坐船到山下，再从山下坐小火车登山，因为持有欧洲铁路通票，登山的费用打了半价，省了不少钱，很划算。

　　本来最期待的是上山后的风景，没想到坐在船上看到的风景也美得让人如痴如醉。蓝天雪山下的湖水极其清澈。湖面上还有很多帆船，坐在船上晒着太阳，十分惬意。

　　终于乘着小火车到了山顶，感觉有一种站在群山之巅的霸气。于是我又拍了一张看起来要跳山的照片。

瑞士跟其他我去过的地方不同，你不需要知道目的地，也不需要找寻景点，因为路过的每个地方，都很漂亮。开车在路上有一次迷了路，在半山腰上下不了山，于是我们决定在这里转转。瑞士最大的一道景色就是每座山上，都不规律地分布着很多房子，我绕着房子发现，每个房子都修得很漂亮，大多数院子里都摆满了花，还有秋千，似乎每家每户的门口都会放着铜制或者是草编的玩偶，可爱至极。甚至连外墙上挂满的农作用具，都摆出了非常有趣的形状，感觉这里的人，真的很爱生活、很懂生活。

后来我们驱车来到了苏黎世。虽然前面没有多做介绍，其实我们整个行程中大部分的住宿，都是从网上订的当地民宿，一是想体验一下当地人的生活，二是因为欧洲酒店都很贵，这样可以节省非常大的开支。到了苏黎世也是一样，住进了一个非常棒的房子，房东装修得很讲究，北欧极简风带着点淡淡的复古味。楼道里有一个单独的房间是洗衣房，里面摆了一排洗衣机和甩干机。房东给我们细心介绍所有东西的用法，然后告诉我，这里的自来水是直接喝的，而且是小朋友从一出生就可以直接喝的，瑞士的净化是非常严格的。最后，他坏坏一笑，说："欢迎你们来到这个世界上最富有的城市。"这种感觉，让我有点不敢出门，好像每走一步，都要花很多钱。

说来也怪，那天出门后，发现街上的店铺全都关门了，又不是周末，难不成富有的城市就可以任性成这样？这就是世界上最有钱的城市？有钱都不出来花？

等再往市区开的时候，发现封路了，于是找了个地方把车停下来。跟朋友慢慢往中心区走，这才发现，别有洞天。

看到这情景的第一眼，我惊呆了。有很多人，精心打扮盛装出席，小孩们拿着糖果，一起游街狂欢。我以为在拍戏，后来才发现，人越来越多，队伍根本看不到尽头，感觉整个城市里的人，从襁褓中的婴儿到两鬓斑白的老人，都出来了。

打听后才知道，当天是苏黎世的"六鸣节"，也是当地的春节，人们欢聚到一起送走冬天，到最后，他们还燃烧冬天的雪人"Boogg"，燃烧到最后，雪人头会爆炸，这就代表着春天真的到来了。

这应该是我一路上遇到的最大的惊喜，没有任何准备，它就出现了。

这可能就是后来我热爱旅行的原因，你永远不会知道，下一秒会出现什么惊喜，在你的路上。

等回到国内，我乐此不疲地给身边朋友讲述着我的所见所闻，直到自己讲述的时候才发现，自己竟然已经不知不觉地从旅行中知道了这么多有趣的事。我一直很期待，可以再次去瑞士。

你笑起来就是好天气

天使在
旅途

2018~206

一直觉得自己是个孩子，即使每天照镜子看着自己的老脸，还依然幻想着这只是一个 17 岁的鲜嫩多汁的 boy。也是因为随时带着这种心情，才能一直走在说走就走、说玩就玩的不归路上。

没事翻一翻自己的相册，给好朋友讲我这几年一路上发生的各种各样的有趣故事，这才发现，如果没有这些照片，很多故事可能我都回忆不起来，而翻到的每一张照片，都仿佛让这些故事重现。

今天想讲讲，我在路上遇到的那些小朋友。

　　当时跟随《爸爸去哪儿》去澳大利亚，也是唯一一次国外录制，因为有很多事情需要提前熟悉，我跟节目组早早地来到了这个我期待已久的地方。第一次来到南半球，觉得好爽，连冲厕所的流水旋涡都是顺时针的，简直赞到爆！

　　提前一天跟着朋友去了牧场，发现这里真的太美了。不只是这里的风景，还有这里无忧无虑的孩子们。

　　这里的牧场更像一个孩子们的游乐世界，牧场里有二十多种动物，他们跟它们，就像是与生俱来的伙伴。

　　那天跟他们玩了很久，聊了很久，也拍了许多照片，但忘了自拍合影，像我这种自恋狂魔，竟然没有自拍！不像话！

　　相对于国内的其他地方，我一直对新疆情有独钟，先不说那美味的羊肉串和烤包子，也不说那鲜美的烤羊腿和馕坑肉，就光看一眼"新疆"这俩字，我就口水直流，更别说什么葡萄沟的葡萄、库尔勒的香梨，也别提哈密和莎车的瓜了。

写到这里，为什么感觉口水一直在流……

那天去了南山，很难想象，本来以为炎热的火焰山会把我风干，结果到了南山竟然感受到了春天。南山上的草原令人惊叹，明明是一层一层直到山顶，最终却仿佛到了一个平原。山坡上本来寸草不生，到了山顶却是一望无际的草原，真是妙不可言。

更妙的是这里牧民家的孩子们，完全不怕生。看他们在玩游戏，我跑过去说："带我一个呗！"小女孩给了我一个白眼："叔叔，你怎么这么幼稚……"我就这么被鄙视了……

于是，我拿出手机说："来，咱们合影吧！"没想到小孩们完全把我当成朋友，全都扑了过来一起拍照，欢乐至极！

而事情往往不全是那么美好，离开南山，我们驱车去了新疆中部的巴音布鲁克，一个每一处风景都美得像电脑桌面的地方。一路上山路崎岖，人和车都不太多，终于到达平坦的地带，这就意味着目的地快到了。

草原上牛羊遍地，我们一直走走停停，生怕漏掉一处美景。路上遇到了一个放牧的小朋友，他独自一人骑着马，太潇洒了，看我们在拍照，远远地驱赶着羊群配合着，就像在不停地摆着 pose。

感觉他也就是上小学的年纪，是普通话很标准的蒙古族（没错，新疆的蒙古族），我问他："你上学吗？"他说："上，正好放假，才出来放牧的。"

在这儿我必须强调一下，其实新疆比大家想象的要发达得多，有大城市也有农村，城市的建设并不逊色于其他大城市，乡村也更是民风淳朴、风景秀丽，当然他们也像其他省市的人们一样，出行开车，住着楼房。记得有一次，一个充满好奇的同学问我们新疆的同学："你们那边上学都骑马吗？"新疆同学很无语地回答他："我们都是骑狼上学的。"

好了，扯远了。小家伙很潇洒，小小年纪就帮家人承担着放牧工作，我当时也是各种心情泛滥，把车里备好的零食给了他一些。他连忙说："谢谢叔叔……"叫哥哥好吗？

于是帅气的哥哥跟潇洒的弟弟，拍了一张合影。

好了，说了这么多竟然都是从合影开始的，那……

没错又是我！这次，是泰国的小朋友们！

去清迈的时候，打算第一时间去拜契迪龙寺，清迈最有名的寺庙之一。快到的时候，在寺庙斜对面，一所小学正放学，在给朋友拍照的我，就这样光明正大地走了进去。刚一进门，一个胖女孩对着我大喊一句："欧巴！阿尼哈塞哟！"旁边的小女孩也在大喊："你好，你好！"

我差点被这种热情吓到，赶紧回答："你好！"原来他们在猜我是韩国人还是中国人。而且没想到的是，他们竟然都有很棒的英语基础。没错，说得比我好，于是……我就又让他们跟我合了个影。还是一样，所有小朋友瞬间都扑过来。不得不为我无敌的个人魅力欢呼雀跃一下。

我在旅途中邂逅过无数个晴天，也见过无数张天真烂漫的单纯笑脸，但最期待的是不再看见阴霾。希望所有黑暗都被驱散毁灭，希望世间不再有魔鬼，希望每个孩子都有一个纯真的童年。

人的性格并非完全是童年养成的，性格和长大过程中的经历都有很大的关系，可是童年崎岖的人，在青春期和成人之后，与人的交流也会更加艰难，这些艰难又会加深性格的扭曲。结婚生子后，又会对自己的孩子施加影响。

周而复始，循环往复。

我有一个朋友的爸爸是刑警，每天审犯人。

这个朋友在整个少年和青春期的成长中，真的非常可怜。很小的一点事，比如两只拖鞋穿反了，就会被他爸爸用拖鞋抽到浑身青紫。妈妈、姥姥没有人敢拉，因为你能从他爸爸的眼神里看见审犯人时的那种凶神恶煞。

后来我的朋友长大了，没有变成谨小慎微、唯唯诺诺的人，而是一个看起来跟普通人没什么差别的人。爱画画，考上了一所知名艺术院校，现在在业界，他已经小有名气了。

但时间和经历，没有治愈他。

他对一切生命都没有敬畏和应有的尊重。他在很小的房间里养很多只猫，很贵的那种，任由它们跑丢和生病。他养狗，狗还小学不会憋尿，或者晚上不睡觉哼哼，他就把狗关在笼子里用皮带抽到狗狗尿失禁。他交了个女朋友，两个人去逛街，因为女朋友鞋带开了，蹲下来系，没有跟上他的步伐，他就走过去一脚把女朋友踹翻在地，没有解释。

没错，这都是他小时候经历过的、偶尔会流露出来的、让人害怕的东西。但他绝对是一个普通人，没有触犯任何法律，也没有偷鸡摸狗，也没有奸杀淫掠，是一个守法且正直的公民、丈夫和父亲。

童年的创伤就像伤口一样，会结痂留疤，长出新的组织，还能继续使用，但是不会回到原来的样子了。我同意人生应该多吃苦，但这种苦，不应该是暴力带来的创伤，不应该是没有反抗能力只能逆来顺受时，带来的无助和缺憾。

我们应该让孩子感受到爱，让他们在阳光下快乐成长。

出门旅行，
听我的至少省两万！

作为一个摄影旅行星座美食博主，我很少在家待着，经常出门花钱。花着花着，久病成医，好多看似该花回来却后悔的体验，实在令人难过。

别的不说，吃住行都记住了至少让你出门旅行省两万！（傲娇脸）

对于出门旅行的朋友来说，如果能错峰旅行，也就是说淡季出门，旺季在家的话，就能省下一大笔钱。没错我在说正确的废话，大部分人都不行。学生党和工作党，都要等待各种假期，而各种假期想要自然而然地省钱，不花点儿心思恐怕不行。

做一个有计划的人

既然要出门，除非你特别有钱或者特别幸运，不然说走就走只能是遭罪，吃没吃的、住没住的、玩儿没玩儿的。制订个计划太重要了，我的建议是，最少提前三个月。比如现在计划暑假的，"十一"计划元旦的。

为什么呢？因为可以省下一大笔交通费。

飞机出行

提前三个月订机票，一般都会有个不错的折扣。而明天走今天买票，买不到不说，还非常有可能火车、高铁、大巴车票售罄，飞机经济舱卖完只剩头等舱，这种际遇不是每个人都能承受得起的。

如果你经常乘坐飞机，或者有一张能累积里程的信用卡，或者是某个连锁酒店集团的会员（听起来高大上，其实注册一个就行），那么你的账户里就有可以兑换飞机票的里程了！用里程换票是免费的！换这种奖励客票，当然要提前了。

一万公里里程能换一张一千块钱左右的票吧，你看这一千元是不是就省下来了？

火车出行

火车票一般不打折，这个大家都知道。但是，学生证买火车票可是有折

你笑起来就是好天气

扣的！虽然限制挺多，而且车比较慢，学生党可以适当参考。

距离远的话，国内游高铁还是第一选择，干净，方便，时间短。

如果你打算去某个省份，无论是深度游还是环省游，设计好行进方向，规划好目的地，不要走回头路。来回折返的交通费和住宿费也是一笔不小的开销。

规划好，在火车上过夜，还能省下一晚的住宿费用呢。

汽车出行

如果你会开车，又有识别地图的能力，又有人在旁边帮你、照顾你，自驾也是个不错的选择，虽然不省钱，但是舒适度和自由度是第一名。你说，如果不自驾，你能看见乡间公路旁边的小鹿吗？多美好啊！

不会开车，人数又是三四个的话，建议你们包个车。算下来跟长途大巴车价钱差不多，既有司机带路不担心迷路，又能了解当地的风土人情，也是非常好的体验。西藏、新疆、甘肃、青海、内蒙古、黑龙江等，这些广袤无际全是公路的旅行目的地，适合包车旅行。

人比较少的话，长途客车也可以选，但是要注意安全，一两个女孩子就算了。

做一个不亏待自己的人

吃，是旅行中最重要的一环。尤其是在外面，肯定比在家做饭要贵。妄图用学校食堂五元盖饭覆盖整个旅程的同学就算了吧。

出门吃什么？

吃这件事，虽然丰俭由人，但尝尝当地特色的小吃或者餐厅，也应该是旅行的一部分。方便面是便宜，可是出门天天吃方便面，反正我受不了。

现在餐厅点评类的 App 有很多，大家选择一下目的地搜搜看，价钱、环境和菜品一目了然。反倒是出租车司机或者酒店前台推荐的可能又贵又难吃，还是得看人。

吃怎么省钱？每个城市都有的烤鱿鱼、臭豆腐、烤肉串（除了以此闻名的地方），我劝你还是算了吧。味道都差不多不说，不卫生还容易拉肚子。我一直秉承一个原则，就是到什么饭馆，绝不点跟这个地方没关系的菜。比如去川菜馆吃锅包肉，去湖南菜馆吃醋熘白菜，去新疆菜馆吃龙虾，去广东菜馆吃水煮鱼，不是说人家做不好，而是做好的概率太小。

做一个平和的人。
"平和"的意思，就是住哪儿都不埋怨。

住酒店

住宿和交通在旅行花费中占比很大，有人是酒店狂魔，而且好的度假酒店，确实比民宿来得舒适，比如海岛、河边、湿地、迪士尼，这些地方的酒店，是非常值得入住的。当然价格也不菲。

省钱的办法，就是看好了酒店之后，去它所在集团的官网注册，成为会员。这些官网为了吸引客人订房，都会不定期地推出优惠活动，住三晚免一晚啊、免费Wi-Fi啊、免费自行车啊，甚至免费温泉、免费SPA之类的，多关注总没错。

不管你是什么级别的会员，在入住的时候告诉前台，都有可能升房或者送欢迎水果、欢迎酒。会员级别高的话，升房是一定的，小床变大床，标准间变套房。如果酒店的积分和航空公司的积分可以通用，那又省下一笔钱，好多酒店集团可以用积分换房券。

住民宿

擅用 App，擅用 App，擅用 App。窍门是选离目的地景点近的民宿，步行能到最好，这样可以省下城市交通费。别忘了看一下有没有电梯、能不能洗澡、能不能做饭、有没有网络，这些都是要你花钱的地方。

住民宿还有一个好处，就是跟房东交流，能从另一个侧面了解当地的风土人情，而且有很多只有当地人才知道的好吃的、好玩的地方。不过萝卜青菜，这些也不要强求。

住青旅

这是最最便宜、最最省钱的住处了。如果你没什么贵重的东西，又对自身安全有一定信心，这儿也是个好的选择。只要你能忍受多人同住时刺鼻气味和呼噜磨牙声此起彼伏就可以了。

说到贵重物品，多数人出门都要带个相机。很多朋友为了去一个景色优美的地方，特意攒钱买镜头，好像没有一个好镜头就玩不好、不够爽似的。其实大可不必这样。

万能的淘宝上，有非常多镜头租赁小店，想用啥就租啥，超便宜，一个镜头一天租金就几十块钱。如果你去海边什么的，还有那种防水相机出租，性价比都挺高的。千万别为了出 7 天的门，购置几万块钱的设备，然后束之高阁，在书架上吃灰。我是觉得不值当啦。

这么算下来，是不是出门旅行一下子省了好几万？

今天我跟你说的，都是在保证旅行质量的情况下，尽量多地完成任务。而不是说，一味地为了省钱降低旅行质量——报那种超便宜的旅行团，甚至零团费的团；七天行程五天在赶路的规划；每到一个地方住最差的宾馆，20个人吃五个菜，坐时间最长的车；等等。这样的旅行，留下的回忆恐怕不会美好，还不如不去。

会省钱，也得会花钱啊，不然挣钱干什么？在家看看电视多好。

假期
朋友圈装 × 指南

有人为了出趟国，吃了三年泡面。

有人为了去海边，提前半年就开始练马甲线。

有人为了长假晒照片，朋友圈从三天可见变成半年可见。

　　长假，是多么令人神往而又令人满足的一段日子啊。我躺在卧室床上，打开朋友圈，已经游览了十五个叫不出名的海岛，走遍了五大洲，分别欣赏了卢浮宫的艺术品、古巴的街头舞蹈、美国的繁华都市、中国香港的大型百货，品尝了日本的飞弹牛肉、湖南的酸辣米粉，真的是身临其境。

　　众所周知，我本人是非常热爱旅行的，微博和公众号一万多张照片可以做证。朋友圈晒图的新手，一般注意不到很多立即彰显高大上的细节——喜欢拍摄一些超级知名的景点，埃菲尔铁塔啦，自由女神像啦，在威尼斯坐船扮演女神啦。而提高朋友圈的格调，最怕的就是这些。

　　去欧亚十五国的热门景点上车睡觉下车拍照，世界公园微缩景观完全可以达到同样的效果呀，还不用飞十多个小时吃可怕的团餐啊。最最重要的是，这些景点，大家上幼儿园的时候就在画册上看腻了呀。

真要出国，一定要把心灵的归宿放在第一位，品尝刁钻的美食放在第二位，至于能不能跟铁塔、宫殿、当地的小孩儿合影这种事，看情况。

如果是北极光、麦田怪圈、世界尽头这种跋山涉水花费不菲的景点，就必须合影留念，但一定不能穿着荧光色的冲锋衣摆出剪刀手——实际上任何时候都不要穿着冲锋衣跟大自然合影，那样只会让你更像一个游客，而非征服自然的勇敢族类。

有条件，就脱了冲锋衣三秒钟拍完赶紧穿上。气候太恶劣、条件太差无法脱衣服，就拍景吧，把壮美留在脑海里。我说这话你可能不爱听：大自然那么伟大，真的不必时时刻刻都留下咱们渺小的身影。至于拍照的姿势，可以来看这一篇，掌握了精髓，一辈子都够用了。

人山人海的景色，要拍照的话，游客照也算了。仔细想一想，游客照哪儿不能拍啊，谁的家乡还没两个景点呢？所以千万别用咱们自己人的心态，去揣摩朋友圈观众的心态。要从另外一个视角，审视自己的朋友圈，哪些能多发、哪些绝不能发或者只可以稍稍发一点，做到心中有数。

小角落和小景色是好的，喝咖啡、看报纸、吃当地最普通的食物融入当地人的生活，虽然也有定位，但跟那些定位在 New York、Paris 的妖艳货完全不同。在小村落虽然购物不便、沟通困难、饭难吃、澡难洗，但优越感一下子就出来了，一股恍如隔世的异域风情扑面而来，连混浊的瞳孔都变得清澈了。

千万不要去纪念品小摊，在花花绿绿的商品前留影。不一会儿，就有不长眼睛的朋友在底下给你留言：哈哈哈，马云爸爸家三十五两件还包邮。

要去就去跳蚤市场，淘点儿做旧的宝贝。中世纪的烟袋锅啊，文艺复兴时期的油画笔啊，就算行李箱挤满了免税店的护肤品，这些占地方的东西带不回来，十块、二十块的拍个照也不算贵嘛。文化，出门旅行必须得有文化。

就像老外来咱们这儿，最喜欢的不是三里屯，也不是石库门，而是成都的大熊猫一样，朋友圈里都是烤鸭，甭管吊炉的还是挂炉的，你发个青菜小面是不是一股清流？差异化和独特性，到什么时候都好使。

你现在的朋友圈，已经不是网络上自己的一片小天地了，而是你的第二张脸。两人一见面，交换朋友圈。更有甚者，当着你的面就翻阅一遍，都等不到回家。自己看着再蠢萌的照片，此时此刻都变成了蠢。

避免如此尴尬的情形，首先要善用分组，刚加上的朋友，能分组就分组。而且朋友圈也跟你的签证流水啥的一样，要养。不同的人看不同面貌的你，并不是虚伪和不真诚，而是彼此留下一定的空间。最最简单的比喻，就是你跟闺密说的那些私房话、悄悄话，是绝对不会跟三舅家当兵的大表哥说的吧？

说了半天怎么在朋友圈彰显"高大上"，到底有啥好处呢？好处自然很多，不然朋友圈里怎么到处都是这些奇奇怪怪的鸡汤照片呢？

如果你跟我一样，想在朋友圈有所建树，可得听好了，前面说的都是现象，并非指导。出门旅行，本不应该有云泥之分。如果有人总是嫌弃你目的地太low，或者不爱出门，那你才真的应该检视一下自己的朋友圈。

你笑起来就是好天气

你笑起来就是好天气

用相机记录美好时光

〇你到底应该买一台什么样的相机？ 〇想用手机拍出好皮肤，必须得磨皮吗？ 〇一天当中拍照最美的时刻 〇三个最容易出错的相机设置，你跳坑了吗？ 〇如何拍一张好看的毕业照？

你到底应该买一台
什么样的相机？

自从跟大家在微博、微信上交流以来，每天都有女性朋友来跟我说：推荐一款适合我的相机吧？！我该买台什么相机呢？！堪称世界上最难回答的问题。

今天，我就告诉你一个终极奥义：买你买得起里面最贵的。

什么？预算有限怕被骗？还是想知道，买相机到底是怎么一回事？想跟我一样每天拍拍拍？想记录下生活的美好？想跟朋友分享世界？

你笑起来就是好天气

那先回答我一个问题：你真的需要一台单反相机吗？

可能……这个问题太大，一下子就把你问住了。

那咱们先聊聊，单反、微单和卡片机，你到底想要的是哪一个，或者说，更适合你的是哪一个。

可能，我说太多专业数据和词语，你也听不懂，那我就用最最简单、最最通俗的话，就像把满汉全席省略成蛋炒饭一样（虽然丢失了很多细节），来给你说说这仨最根本的区别。

单反相机：拍出来的照片质量最好、最贵、最重而且占地方。

微单相机：拍出来的照片比手机拍的好，不太贵，但是也得单独放，或者挂在脖子上。

卡片相机：拍出来的照片跟好手机（比如新款 iPhone）拍的差不多，最便宜，很轻便，有的小卡片可以直接揣兜里。

这个道理呢，就像你愿意花一千块钱吃顿饭，甭管步行或者打车，你得出门。现点现做现吃，最好吃，但略麻烦。

你愿意花一百块钱吃饭，可以在家叫餐，外卖小哥给你送到家。虽然也是现做，但就是没有去店里吃的好吃。

你愿意花十块钱吃饭，也可以叫外卖，素炒饼加个茶叶蛋，肯定能吃饱。

此时，看看兜里的钱，明天午饭吃什么，我想你大概心里也有数了。

但相机买了，后面的事儿还真不少。

买相机，是用的。如果买来单反，一年也拍不上五回，放在书架上积灰的话，我劝你还是用这些钱换个好手机，然后去世界各地走走看看，收获一定比买单反大。

如果你跟我一样，拍照已经成为生活的一部分（能不能靠这挣钱我们单说），一天不摸相机就难受的话，你一定忍受不了任何一点器材上的制约，总想要最好的。那我劝你，就别在微单和卡片机上瞎耽误工夫了，直接买你能买得起里面最贵的相机。

那你有没有听说过，有哪一位享誉国内外的大师，是靠器材成就人生的呢？

没有。

摄影从小孔成像开始，到现在 5060 万像素，没有任何一个流传下来的经典作品，是靠使用当时的"顶级器材"成就的。

的确，我当然承认科技进步让艺术创作的制约越来越小，但我必须告诉你，摄影的瓶颈是大脑，绝不是器材。

现在大家都说三观不合无法做朋友，买相机当然也要建立三观。

像素越高画质越好照片越完美吗？

变焦倍数越大拍得越远越高级越专业吗？

增加防抖功能的机身和镜头，拍照永远不会糊吗？

那么，我应该选佳×还是尼×？索×还是奥×巴斯？松×还是富×？

如果你想研习摄影：

我建议你买佳×或者尼×，这两个牌子市场份额大、技术更新快、本身的镜头线就非常丰富，而且各种品牌的配件、卡口之类的东西多，你的整体用机成本一下子就下来了。

那到底买佳×还是买尼×？你一定在各种论坛上听过这样的话，定焦买××，变焦买××；广角买××，长焦买××，现在我告诉你：

以上，根本都是瞎扯。

对于爱好者来说，它们的成像风格的确有差异，但就像一锅大米饭中两粒米味道的差别那样小。

不买单反，想要投靠微单的同学：不用考虑太多，挑一个品牌里面你能接受的最贵的下手就行了。

想买卡片机自拍或拍着玩儿的同学：挑一个最顺眼并且美颜功能合你心意的就行了。

想用手机拍出好皮肤，
必须得磨皮吗？

朋友圈的自拍审美，其实有的时候让我很不懂。本来手机摄像头就自带美颜功能了，还要再过一遍 App，加上个 120 度最高级别的磨皮效果，脸光滑得只剩下两个眼睛、两个鼻孔和四个黑点，咱妈都得认真看一会儿才知道是自己闺女，然后下面一大堆人留言：

"皮肤好好噢！好白噢！好美丽！"

是满嘴胡话，还是真的眼神儿不好啊？？？

磨皮本身没有错，其实追求的是零瑕疵，通透的皮肤质感。但凡事都得有个度，太过了真的不好。

我的原则是，如果要磨，那一定要保留细节，别人一看还知道是你。让人舒服的脸，最重要的是干干净净。临时起个痘啊、原来手贱抠的坑啊、红血丝啊、黑眼圈啊这些我都赞成从照片中去掉。

手机拍照想要脸白亮透，非磨皮不可吗？当然不是。我脸上就有个痘印，但是从来不示人，哈哈哈哈哈。话说回来，谁不喜欢精神利落、气色好的照片呢？

不磨皮有没有办法气色好？当然有了，你看电视里的小明星们，皮肤和气色都很好。只要妆化得好，光打得好，图修得好，不磨皮也一样。咱们一样一样说啊。

妆化得好，磨皮变少

粉底液是个好东西，它能均匀你的肤色，遮盖各种瑕疵。选一个适合自己的色号，拍照或者出门之前，噼里啪啦一抹，马上从小窝窝头变成大白馒头。

有传言说粉底液超级毁皮肤，色素颗粒会塞进毛孔里出不来，长痘、鼓包、烂脸啥啥的。完全是谣言！只要做好卸妆，清洁到位，啥毛病都不会有。而且没有啥化妆品能抹到毛孔里，别自己吓唬自己了。

除了粉底液，素颜霜、AA、BB、CC 霜都是好帮手。它们起到的作用基

你笑起来就是好天气

本类似，就是让你的皮肤白透、细嫩、光滑。提醒大家一点，粉底液也好，AA、BB、CC霜也好，尽量买名牌或者大品牌，挑贵的买，大品牌的东西，不仅遮盖效果自然，还有养肤护肤的功效，咱也不能让十块、二十块钱的东西把脸抹烂了对不对？

如果这些手段还不能让你的脸像剥了壳的鸡蛋似的，皮肤状态实在糟糕，那么请打开App，尽情地再磨一遍吧！

光打得好，磨皮变少

对于拍照这件事来说，光实在太重要了。你记住一点就好，光线要均匀，并且从机位的方向来，也就是顺光，脸上的褶子啊、痘啊、黑眼圈啊都会少很多。

自然光条件下，"磨皮光"主要指的是清晨和傍晚，太阳角度很低的时候，顺光拍摄，会让皮肤变好。

人工光条件下，如果没有专业的设备，那么四白落地的卫生间打开浴霸之后，也是一个不错的自拍光。虽然光源的方向不理想，但好在卫生间的每一面墙都成了反光板，让光变得很匀，也能加分不少。

图修得好，磨皮变少

谁说修图一定就是磨皮的呀，今天教大家一个不磨皮也能让皮肤看起来不错的方法吧。

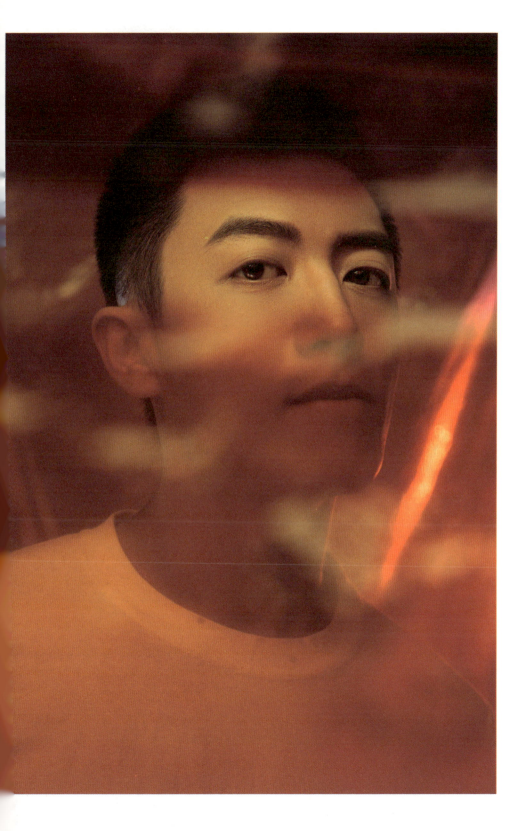

先调整曝光，让照片明亮起来。

然后用曲线，调整中间调，让肤色均匀透亮。

我们亚洲人的皮肤，是由一点点黄和一点点橘红组成的，这两种颜色一定要细细琢磨，调整配比。

调整的方法有很多，不同的软件基本都可以涵盖曝光、滤镜、对比度、色调等调整的选项。找一个你顺手的软件用起来就可以。我大概的思路是先调整曝光，让脸明亮；然后调整对比度和饱和度，修掉脸上的痘痘；然后加滤镜，滤镜不加过头，一点点就好；再调整曲线和局部色调，调整一点点，一般都是往明亮和透里调；最后是锐化，保存。

每一个步骤都要仔细看，确保不过头。其实修图也好，磨皮也好，就是你得知道什么样的照片是好的。不然记参数、抄笔记，学会的终究是皮毛。

一天当中
拍照最美的时刻

当你走在有光的路上，顺光时明亮明媚，逆光时就一定又暗又丑，黑乎乎一大片啥也看不清吗？

我看未必。

逆光拍摄人像，不仅有极强的画面感染力，而且在光位较低的时候，人还会被勾勒出一个超级美的金边儿，不信你们看她，很有魔力的样子。

在奈良喂鹿的时候，从东京到那里已经接近傍晚了。阳光从宋伊人的斜后方照射过来，仔细看，她的头发和外套，是不是都镶上了一条窄窄的金边？

有没有发现，我们常说的逆光人像拍摄，经常遇到的逆光，多数时候，逆的都是太阳光。而太阳在一天当中，与渺小的人类的相对位置，能称得上"逆"的时候，大部分在清晨或者傍晚。摄影师称这个时段为：Magic time。

之所以叫它魔幻时刻，是因为这个时间，太阳从斜阳慢慢消失，从直射光到落山后的散射光，有着非常多的变化，角度啊、色温啊、性质啊、等等。在拍照的时候，用好太阳的变化，会给你的照片大大加分。

用好魔幻时刻的秘诀之一：准确测光

在光线条件好，太阳光柔柔地落下来的时候，我一般都会选择逆光拍摄人像。摄影是用光的艺术，对光线的把握，一定要在魔幻时刻施展。而且这个时候，最好把相机的模式调整成手动（M），并且用相机的内测光功能，对人物和环境进行测光。

我一般会选择点测光或者中央重点测光，拿这张照片来说，测光的范围是画面中的人脸、人背后的景物。观察不同亮度分布的曝光值（EV），确定人脸在曝光点上半档，选择曝光组合。

你笑起来就是好天气

摄影小白没听懂？ISO、光圈、快门三个变量，两个不变，用剩下的一个调整，拍一张看一下，找到满意的照片为止。这个方法其实并不推荐，只是没有办法的办法。

用好魔幻时刻的秘诀之二：正确对待镜头进光

相机的镜头，由不同打磨镀膜的多种镜片组成。当镜头被太阳光照射时，就会产生眩光和灰雾，降低反差。

一般情况下，我们要避免这种情况的产生。太阳特别强的时候，大中午的，这样拍据说会毁相机的感光元件。不过在魔幻时刻，太阳光不再刺眼，偶尔用一用，不仅能让画面生动柔和，有的时候还有意想不到的灿烂效果。

随着光圈的改变，从大到小，控制镜头的进光量，我们可以拍到不同感觉的进光照片。

大光圈进光量大，画面更灰。至于哪种更好看，则是见仁见智了。另外逆光的时候，因为相机镜头的对焦系统没有顺光的时候灵敏，曝光点要选择被摄主体轮廓清晰、亮度足够的地方。

当然了，光比过大的时候，还是要用反光板或者闪光灯补一下光的。

用好魔幻时刻的秘诀之三：正确对待剪影

逆光拍摄剪影，是最合适不过的了。在拍摄剪影的时候，我习惯"留一点点"，不让剪影的部分全部黑掉，而是有一点点层次，甚至做到半剪影。因为一张精致耐看的照片，是要层次丰富、细节饱满的。

拍摄剪影，选择光比大的光线条件。啥叫光比大？就是被摄主体和背景的照度相去甚远。刚刚说的逆光拍摄，是根据模特曝光，而剪影和半剪影，就是根据环境曝光了。

注意一点，环境可以有些许的曝光不足，在宽容度的范围内，迁就一下剪影的曝光量。

剪影适合轮廓清晰、形状有趣的物体，黑乎乎一大片的剪影照片并不美。而且剪影的环境，最好不要杂乱，比较适合空旷的场景，河海啊、草原啊、沙漠啊、树林啊、天空啊，等等。主要是为了看"影儿"嘛。

魔幻时刻用好了很提气氛，让你马上从摄影小白转到进阶选手。其实别看我说了挺多，只要你有一定的基础知识，放心大胆地拍，总有一张能成功。

失败是成功之母，再说，拍不好继续拍嘛。

咱们一起，拍在有光的路上。

三个最容易出错的相机设置，你跳坑了吗？

很多同学在用相机拍照的时候，尤其是有很多按钮和选项的相机，心里都会犯嘀咕，这么负责的设置，我一个都看不懂啊，算了算了全自动吧。

全自动并非不好，它是根据你当时当刻的情况，然后匹配厂商数据库里的各种场景，通过芯片一系列复杂的算法，在 1/100000000000000 秒（当然我夸张了）之内，给你一个拍摄设置。

这样的匹配呢，98% 是准确的。另外那 2%，毕竟它是个机器，对环境和光线的判断，赶不上人眼的直观。

你笑起来就是好天气

最容易误判出错的相机设置，就是白平衡。

白平衡的设置，自古以来就是兵家的必争之地。

白平衡啥意思？最最简单告诉你一句话：在你拍摄的画面中，如果有白色的物体，比如白墙、白桌布、白手套、白眼球、白牙的话，照片中也应该是非常接近白色的。

比如说前面那张照片，你看裙子上的白色、眼睛的白色，还有肩带的白色，都是我们心中的白。

　　这个白色，就是白平衡还原准确。然而在自动白平衡的时候，尤其是在清晨和傍晚，光源色温多变且混乱的时候，想要白色还原成白色，就不容易了。

　　比如下面这张照片的光线情况，相机就很容易误判，导致画面偏冷。所以我在拍摄的时候，校准了白平衡。

其实对白平衡预判出错后的纠正非常简单，一般相机的设置都有这样一排图标。户外的晴天，你就选大太阳；阴天就选阴天；白炽灯的室内，就选白炽灯好了。对应起来选，加上自动白平衡，可以达到99%的准确还原。

当然了，只要你愿意，完全可以在白平衡准确的情况下，进行色彩倾向的管理——让画面更暖或者更冷。不过我不推荐被摄主体是人的时候，进行白平衡的调节。

环境当然可以有冷暖，但人的白眼球，还是应该正确还原。

另一个让人叫苦连天易出错的相机设置，就是快门速度。

基本的问题就一个，快门速度偏慢。在没有三脚架固定相机的情况下，你以为自己手持超级稳，然而这是个误会。快门速度慢，照片就会糊掉。

可是什么是快？什么是慢呢？

你先看下自己相机的镜头焦距。比如是50mm，那么全画幅机身的快门速递手持底线就是1/50秒。非全画幅机身APS-C要乘以系数1.6，快门速递手持底线就是1/80秒。低于这个数字就会糊，所以记住这个公式好吗？

现在有很多高科技，比如机身防抖和镜头防抖，范围稍有扩大，但是这个扩大呢，是用损失一些画质来实现的。所以追求完美画质的同学，还要三思呀。

还有一个容易出错的相机设置，就是自动对焦这个功能了。

当然，我非常肯定以及确定你在 99% 的情况下，打开了这个功能。

但是，对一部机器，千万不能完全放心。现在很多相机，都有选择对焦点的功能，比如中央十字形九点对焦啊、中央重点对焦啊、点对焦啊等自动对焦模式。一定一定要把对焦点，放在你最想表达的地方。

如果你想拍人像，就不要对焦到身后的大树上。

有的时候选错了对焦点，在小小的取景器中看不出来，一到电脑上或者输出了之后，就是灾难。对焦点错误的照片，只能定义成废片。

还有一种情况，也是多数人始料未及的。拍照的时候，镜头和被摄主体之间，有东西快速划过！！！

比如开过去的车、骑自行车的人、下的雨雪之类的那些你完全不可控的玩意儿。

这个时候就要打开手动对焦啦，别看显示屏，看小小取景器，然后把焦点放在你要拍摄的主体上。如果主体不动，机位也不动，你又要连续拍很多张，就锁定焦点。如果有一个因素移动，就每拍一张对一次焦。

你知道如果光圈特别大，焦距特别长，你离模特又很远的话，景深会特别浅。这个时候稍微一动，焦点就有可能从鼻尖挪到耳后，就完蛋啦！糊啦！

所以必须一张一对焦。

拍摄风景的时候，比如特别波澜壮阔的大海啊、远山啊、草原啊之类的全景和远景，我建议你把镜头的对焦环放在无限远处，一般是这个符号——∞，然后在取景器中确认一下。

关于相机的设置，其实能说的非常多，每一个按键、每一个选项都有它独有的功能（废话），今天我挑的就是非常容易遇到的问题和犯的错。喜欢摄影，不仅要多看图，还要多尝试、多学习才行，你说对吗？

特别喜欢"无限远"这个词，因为选了它，自己也好像有了无限远的人生。

如何拍一张好看的毕业照？

每到一年一度的毕业季，劳燕分飞、各奔西东（呸呸呸）的季节，很多同学都想留下青春的剪影和暖心的回忆，既然是造福人类，今天就跟大家说说拍毕业照都要注意点儿啥好了。

第一，你得有一套拍摄设备。

你的设备最好是相机＋三脚架，能设置定时和连拍，有遮光罩、存储卡、备用电池，以及闪光灯（非必备）。

镜头的焦距，需要有广角端和长焦端，也就是说小数字比如 18mm，中间数字比如 50mm，大数字比如 200mm，上下可以浮动。

变焦镜头也是不错的选择，注意我说的是全画幅相机的镜头焦距，APS-C 画幅的机身呢，需要焦距数乘以一个系数，每个镜头不一样，具体的换算可以在官网（官网是个好东西）上查。

反光板之类的附件，如果你们人挺多的，又要拍外景，没有就没有吧。

好，搞定了拍摄器材，你就成功了一半。

第二，要确定人数。

为什么单独提出来人数这件事？因为它比你们摆什么姿势更重要。人多了（超过 15 人），无论你们怎么拍，都会非常耗时。很可能拍了一上午，大家已经筋疲力尽，才搞定一张照片。

为啥？

因为按照创意、设想、组织、排序、摆动作，照顾每个人的情绪表情，这么浩大的工程和工作量，绝对需要半天时间。毕业恰逢五月底六月初，中国大部分地区的温度已经很高了，一上午拍一张照片，浑身是汗，妆都花了，不叫拍毕业照，这叫遭罪。

15 个人以上的毕业照，请老老实实搬来椅子找好台阶，站满三排，微笑

扔帽。

既然叫作拍毕业照，人当然也不能太少。最好的人数，其实应该控制在
10个人左右，8个也行，11个也不错，这个范围自己掌握。好控制，听指挥
就可以。

第三，衣服要有个规定。

毕业照嘛，怎么着也得有张学士服或者硕士服的合影，对吧？

鞋子也要注意一下，别你穿红色高跟鞋，她穿黑白运动鞋，还有穿人字
拖的，这样横七竖八地拍出来，很凑合，很像被从宿舍临时捉来，一人发一
件衣服闹着玩儿似的。既然是拍毕业照，庄重是第一位的。

除了学校发的衣服，还可以自己准备点儿，在网上随便一搜，就有好多
奇思妙想。租婚纱的，戴面具的，黑丝袜的，小西装的，清宫《甄嬛传》的，
啥样的都有，随你们喜欢。就一个宗旨，有钱难买我乐意。

第四，选好拍摄地点和时间。

我是觉得，毕业照嘛，青春洋溢总不会错，但是也别为了毕业照太累心，
妄图组织一趟南极游什么的（怎么样我就是吃不着葡萄心态，告诉你们能去
还是去啊）。毕业照又不是婚纱照，我还是觉得一伙人，轻松愉快地用一会
儿时间高效率地完成一件大事，是特别值得羡慕的事儿。

像这种宋伊人组织我一个人拍的毕业照，就不值得高兴，因为她很美，

我却很累。

　　学校大门口、教学楼、操场、教室、宿舍和平时经常逗留的地方，有纪念意义的地方，比如食堂啦、女生宿舍楼下啦、小卖部门口啦、教学楼楼顶啦、图书馆啦、小树林啦、人工湖啦，反正就是你常去的，以后会想念的地儿。

　　最好是阴天拍人像，比较柔和舒服。千万别选个大中午大太阳拍外景，不仅晒，而且丑。太阳在头顶变成顶光，什么男神女神都会丑。喜欢阳光的话，上午收拾自己，找衣服试衣服穿衣服，中午吃个饭做个面膜化个妆，等下午太阳不在头顶了，一直拍到傍晚太阳落山，是光线最美的一段时光。

　　别问为什么，听我的就对了。

你笑起来就是好天气

第五，终于到人了。

千万别傻乎乎地站着比 V，然后拍了一万多张照片，自己回来都想死。毕业照一定要增加趣味性、能动性和穷折腾性。

趁着年轻，趁着多数同学还没有发福，多拍点青春健康的照片。我以亲身经历告诉你，这人哪，一毕业那可是说胖就胖的，谁都拉不回来。多蹦蹦，多跳跳，多来点儿年轻人才能搞定的姿势。你让 200 斤的黄灿灿再摆这个 pose，她可能就会拿枪毙了我。

女孩子呢，千万千万一定一定要化妆，因为素着脸在什么时候拍照都不会太好看。男孩子呢，有条件的也来点儿 BB 霜，不为别的，就是给后期少添点儿麻烦也值得啊。

姿势的话，不求整齐，只求最美。当然了，大家一起用身体拼个学校名的缩写什么的也是可以的。不过这个需要提前设计一下，最好能画出来，或者有一个脑子特别清楚的同学，指导大家。

剩下的其实就是自由发挥了，事先想几个动作，大家一起摆着玩儿呗。

不爱动脑子或者嫌麻烦的同学，可以事先搜集一些网络上的图片，跟同学们挑一些喜欢的，照着来就行了。我的那些伪双重曝光毕业照想必大家已经看腻了，更多、更好、更脑洞的姿势等待你们去发掘！

有一点提醒一下大家，就是在毕业季拍毕业照，肯定大家都扎堆，人多的时候怎么办？

一个是抢占制高点，天台啊、楼梯啊、阶梯教室啊，一览众山小，让拥挤的人群都成为蚂蚁吧！

另一个就是拍照的时候稍微仰拍（前提是你得瘦），合理避开人群，让那些矮子都在地上爬行吧！

其实毕业照摆什么姿势真的没那么重要，重要的是你跟一群四年或者更长相知相伴的人，留下点儿青春的记忆。人活着，是需要仪式感的，不管这仪式感是大还是小，是感动还是沮丧，都应该是生活的一部分。

总有那些特立独行的同学，说我不拍毕业照，特傻；我不参加毕业典礼，虚伪；我不想办结婚仪式，我不要过生日、过纪念日，我不需要。其实不是这样的，后悔是小事，当一个人的人生，没有了节点，会更傻。

等你长大了，再翻看这些照片，想着念了这么久的书，认识了一帮志同道合的狐朋狗友，哭过闹过，爱过恨过，都过去了，都是美好。人生总会开启新篇章，别留恋，阔步向前！

毕业四年，依然觉得自己是个学生，醒来还有室友问我去食堂还是订外卖，饭卡丢了还能跟兄弟们蹭顿饭，考试前还能找学霸画重点，迫在眉睫还能淡定地准备着小抄。不说再见，永远青春。用毕业照道声珍重，挥手再见吧！

图书在版编目（CIP）数据

你笑起来就是好天气 / 王义博著. — 北京 : 北京
联合出版公司, 2018.5
ISBN 978-7-5596-1912-9

Ⅰ.①你… Ⅱ.①王… Ⅲ.①散文集—中国—当代
Ⅳ.①I267

中国版本图书馆CIP数据核字(2018)第058862号

你笑起来就是好天气

作　　者：王义博
责任编辑：龚　将　夏应鹏
封面设计：付诗意
版式设计：付诗意

北京联合出版公司出版
（北京市西城区德外大街83号楼9层　　　100088）
北京盛通印刷股份有限公司印刷　　新华书店经销
字数250千字　　　700毫米×980毫米　1/16　19印张
2018年5月第1版　　2018年5月第1次印刷
ISBN 978-7-5596-1912-9
定价：55.00元